籁雅

LEA

郭力 译

【瑞士】帕斯卡·梅西耶 著

漓江出版社

桂林

著作权合同登记号桂图登字:20-2016-351 号

图书在版编目(CIP)数据

籁雅/(瑞士) 帕斯卡 · 梅西耶 著; 郭力 译. —桂林:漓江出版社, 2017.10
ISBN 978-7-5407-8175-0

Ⅰ. ①籁… Ⅱ. ①帕… ②郭… Ⅲ. ①长篇小说-瑞士-现代 Ⅳ. ①I522.45

中国版本图书馆 CIP 数据核字(2017)第 172487 号

出版统筹:吴晓妮
责任编辑:叶 子
助理编辑:赵黎君
封面设计:李诗彤
内文排版:姜政宏

出版人:刘迪才
漓江出版社有限公司出版发行
广西桂林市南环路 22 号 邮政编码:541002
网址:http://www.lijiangbook.com
全国新华书店经销
销售热线:0773-2583322

北京汇瑞嘉合文化发展有限公司
(北京市经济技术开发区荣华南路 10 号院 邮政编码:100176)
开本:880mm×1230mm 1/32
印张:7 字数:131 千字
2017 年 10 月第 1 版 2017 年 10 月第 1 次印刷
定价:42.00 元

如发现印装质量问题,影响阅读,请与承印单位联系调换。
(电话:010-67817768)

ՄԵՔ ԱՐԿԱՆԵՄՔ ԶՍՏՈՒԵՐՍ ԶԳԱՑՄԱՆՑ ՄԵՐՈՑ Ի ՎԵՐԱՅ ԱՅԼՈՑ
ԵՒ ՆՈՔԱ ԻՒՐԵԱՆՑՆ Ի ՎԵՐԱՅ ՄԵՐ

ԵՐԲԵՄՆ ԹՈՒԻ ՄԵԶ ՉԻ ԿԱՐԵՄՔ ՀԵՂՁՆՈՒԼ Ի ՆԵՐՔՈՅ ԴՈՑԱ

ՍԱԿԱՅՆ ԵՎ ԱՌԱՆՑ ԱՅՆՈՑԻԿ ՈՉ ԲՆԱՎ ԼԻՆԵՐ
ԼՈՒՅՍ Ի ԿԵԱՆՍ ՄԵՐ

我们把我们情感的阴影投到他人身上

他人也把他们的投到我们身上

有时我们会感到快闷死了

不过没有阴影

我们的生活里

便没有光亮

一段古老的亚美尼亚墓碑碑文

一

那是一个晴朗有风的早晨，我们在普罗旺斯不期而遇。当 9
时，我正坐在圣雷米[1]一家咖啡厅外面，朝着白日光照下光秃秃的梧桐树张望。一位服务员给我送过咖啡，站到门前。他身上的红马甲已经破旧，看上去他好像当了一辈子服务员了。时不时地，他抽上一口烟。一辆噼里啪啦响着的小摩托车驶来，一个女孩横坐在后座上，他赶紧向她招手——活像我学生时代看过的老片子。小摩托车已经不见了踪影，他脸上的微笑还保持了一阵。我想着那所医院，我不在那儿工作已经是第三周了，又朝那位服务员望去。现在他的表情已复原，眼睛望在空处。我问自己，如果我一直过着他的日子，不是我的，该会怎样。

出现在红色标致车里的马亭·梵特，起先只是一个一头灰发的家伙，车牌是伯尔尼的。他要泊车。尽管有足够的空地，他泊得还是很差劲。谁会想到，这么一个大个子泊车会这么不自信。他下了车，朝咖啡厅走来，躲过车辆的脚步倒还自信。他深色的眼睛略有所思地从我脸上扫过，然后走进咖啡厅。

我想起汤姆·考特尼，就是电影《长跑者的孤独》[2]中的男

1　圣雷米，普罗旺斯的一个小镇。译注。

2　《长跑者的孤独》（*The Loneliness of the Long Distance Runner*），1962 年拍摄的英国电影。译注。

演员，尽管梵特一点不像他。这两个男人相像的只是他们的眼神和走路的样子，他们面对世界及面对自己的方式。汤姆·考
10 特尼是个有些笨手笨脚的瘦高男孩，脸上总带着狡黠的坏笑。少年感化院院长讨厌他，但需要让他成为长跑新星去击败其他同类感化院。这样在别人上课的时候，他被允许练习长跑。他跑啊跑，穿过秋日多彩的叶子，镜头里的他，脸上挂着快乐的笑容。这一天终于来了，汤姆·考特尼远远跑在前面，对手们个个目瞪口呆，考特尼拐入终点直道，特写镜头上，一张胖嘟嘟的脸光彩大放，是院长正兴奋地为这即将获得的成功而庆贺。还剩一百米了，还有五十米就到终点了，这时考特尼却恼人地放慢了脚步，甚至停下，站住了。

院长一脸惊诧，现在他看出男孩的意图了，现在是他被捏在了这个男孩手里，这是对他所有刁难使坏的报复。男孩坐到地上，抖着他那本该接着奔跑的腿。对手跑过了终点线，考特尼的脸上现出凯旋般的坏笑。我那时就喜欢看那个坏笑，看了中午场，下午还看，看了晚上的，还要看周六夜场。

这个男人脸上可能也挂着这种坏笑。当梵特走出咖啡厅，坐到我邻桌上时，我这样想。他将一根香烟叼进嘴里，用手挡着风，罩着打火机打火。让烟气在肺部停了片刻，呼出时他朝我看了一眼，令我惊讶的是，这双眼睛可以如此温和。

"有风，天还挺冷。"他说的是伯尔尼地方话，说着把夹克往胸前拉了拉。

"是啊，"我也说伯尔尼话，"我也没想到，这里的一月还会这样。"

这时他眼神发生了些变化。在这儿遇见一个瑞士同胞，没有让他感到多么高兴。我有种冒昧的感觉。 11

“会这样的，”他还说着伯尔尼地方话，“经常这样的。”他一边说，一边将眼光沿着马路望去，“我没看见有瑞士车牌。”

“我的车是租的，”我说，“明天坐火车回伯尔尼。”服务员给他拿来一杯彼诺[1]。一时间，我们两人都没说什么。噼里啪啦作响的小摩托车带着后座上的女孩又开了过来。服务员挥了挥手。

我把咖啡钱放在桌上，准备离开。

“明天我也准备回去。”这时梵特说，“我们可以一起走。”

他看出来了，这是我所期待的。

“这只是一个想法。”他补充说，脸上闪过一个乞求原谅的苦笑，还带着奇特的伤感。这一下他又成了那个把车泊得很差的男人。临睡前，我还想，汤姆·考特尼也可以那样笑，梦里，他果然这样笑了。在一个女孩跟前，他的嘴唇离一个女孩越来越近，女孩吓得直后退。“你知道，这只是一个想法，”考特尼说，“并没有别的，别的什么都不是。”

“好啊，为什么不呢。”现在我说。

梵特叫来服务员，要两瓶彼诺。我摇头拒绝了。外科医生早晨不能喝酒，不干这行了也不喝。我坐到他桌边。“我姓梵特，”他说，“叫马亨·梵特。”我向他伸出手，“我姓佐克，阿德里·佐克”。

1　彼诺（Pernod），一种法国茴香酒。译注。

12 他说，在这里他已经住了几天。接着是停顿，脸上似乎神色渐暗的时候，他又说：“为了对过去……的回忆。”

过后我们上路的时候，他会对我说的。那很可能是一个伤心的故事，让人难过的故事，我有个感觉，这个故事会让我受不了。我已经受够了自己的事。

我望着那条梧桐树大街，这条大马路一直通向外埠，又望望这柔和色彩中冬天的普罗旺斯。我是来看女儿的，她在阿维尼翁[1]的一家医院工作。我女儿，她不需要我了，早就不需要了。“你？提前退休了？”她问，本希望她会多问一些。这时她儿子从学校回家晚了，莱斯丽对保姆很恼火，因为她晚上得值夜班。于是，我们就像街上相遇的两个陌路人。

她感到了我的失望。“我会去看你的，”她又说，“反正现在你有时间了！”我们两人都知道，她不会来的。她已经很多年不知道我怎么过日子，也没来过伯尔尼了。其实，我们——我和我的女儿，相互知道得很少。

在阿维尼翁火车站，租上一辆车，我便乘兴上了路。路上跑了三天，走的都是小路，晚上住乡村旅馆，在艾格莫尔特海湾停了半天，就吃三明治，喝咖啡，晚上在昏暗的灯光下读萨默塞特·毛姆[2]。有时，我果然可以将那个那天突然出现在车前的
13 男孩忘掉，但忘掉的时间从没有超过半天。我会从睡梦中惊醒，因为我觉得被口罩捂得喘不过气来，冷汗流过眼睛。

---

1 阿维尼翁，法国普罗旺斯地区的一座城市。译注。

2 萨默塞特·毛姆（Somerset Maugham，1874—1965），英国作家、剧作家。译注。

“你来吧,保罗。”我对中级医师说着,把手术刀递给他。

从一个村庄到另一个村庄,我保持慢速行驶。当高兴地看到前面一段路很空旷时,我有时能看到口罩上保罗明亮的眼睛,看到那里的不可思议,以及错愕。

我不想听马亭·梵特的故事。

“今天我还要去卡马格[1],去桑泰斯-马里耶德拉-梅[2]。”他又说道。

我看着他。如果我犹豫的时间再长点,他的眼光又会硬得像站在院长跟前的汤姆·考特尼的。

“我也去。”我说。

我们驾车离开时,风已经停了。车窗很快暖和起来。离开阿尔勒向南方驶去时,梵特说:“卡马格,就是世界尽头。塞西尔总这么说,就是我太太。”

二

这事第一次出现时,我当时什么也没想。当梵特第二次将手离开方向盘几厘米时,我感到有些奇怪;一辆货车从对面开来时,他又这样做了一次。不过,第三次时我可以确信:这是一

---

1 卡马格,法国普罗旺斯的一个沿海地区。译注。

2 桑泰斯-马里耶德拉-梅,法国蓝色海岸上一个小镇。译注。

个安全距离。他这样做是为了不让双手做出错误的动作。

14 一段时间内,没有出现大货车。左右两侧不是稻田,就是倒映着朵朵行云的水面。平原的景观给人以宽广开阔的解放感。我想起自己在美国的日子,那时,我跟最好的外科医生学做手术。他们教我信赖自己,当我握着手术刀的手在完好的皮肤上犹疑不前的时候,他们教我克服胆怯。回到瑞士时,我快四十了,已经做过无数惊险手术;对他人来说,我是一个冷静自信的医生的代名词,是一个从不惊慌失措的男人。我的手会在一天早晨再不敢拿起手术刀,这是绝对不可想象的。

眼下可以看到,对面远远开来一辆大货车。梵特踩了刹车,下了公路,开到一个酒店跟前,酒店旁边的围栏后面,站着两匹白马。酒店入口写有法文“出租马骑”的字样。

他坐着,闭着眼,眼皮微动着,额头浸出细细汗珠。然后,他一言不发下了车,慢慢走到围栏前。我走在他身边,等他说话。

“如果让您来开车,您会不会不方便?”他用嘶哑的声音说,“我……我的状况不是特别适合。”

酒店的酒台前,他喝了两杯彼诺。然后,他说:“行,现在又可以了。”他听上去应该挺勇敢,不过是很靠不住的勇敢。

他没有直奔轿车,而是向围栏走去。一匹马正站在围栏跟前。梵特抚摸着它的头,手在颤抖。

“籁雅爱动物,动物都能感觉到。她一点都不怕动物。如
15 果她在跟前,连最凶的狗也会平和下来。‘爸爸,你看,它喜欢我!’她叫道。好像她得不到喜爱,需要动物来喜爱似的。她这样说给我听,偏偏说给我听。她喜欢抚摸动物,让它们舔她的

手。单是在旁边看,就让我心惊肉跳!那是一双多么珍贵、多么珍贵的手!后来,我去圣雷米的路上,常站到这儿,想象着她会抚摸这些马。这样做对她是好事。这个我敢肯定。可是我不许带她来这儿。就是那个马格里布[1]人,那个该死的马格里布人,他就是要阻止我。”

对他的故事我一直害怕听,现在甚至更怕了;可我不再能确定的是,自己是不是真不想听。梵特将颤抖的手放在马头上,我的改变就是这只手造成的。我在想,我是否应该问些什么。不过若问的话,就错了。我应该是个听众,而且只该做个在自己的思想世界驰骋的听众。

他默默地把车钥匙递给我。这只手还抖着。

我慢慢开着。如果有一辆大货车迎面开来,梵特会将视线移到右边。进入小镇后,他指点着我开到海滩。我们停在沙丘后面,然后走上斜坡,从那儿走向沙滩。这里风不小,波浪跌宕起伏,有一刻,我想到了美国的鳕鱼角(Cape Cod)和苏珊——我当年的女友。

我们并排走着,之间保持着一定距离。我不知道,他想在这儿做什么。或者,是因为籁雅。讲她时,他用了过去时态,也许她没有活到今天。他想再到这个海边走走,因为当年那个马格 *16*
里布人阻止他同他女儿联系,他不得不独自到这海边走。现在,他走向大海,有那么一刻,我甚至想象,他会一直走下去,迈着坚实的脚步,势不可当地走下去,直到海水淹没他的头顶。

---

1 马格里布,非洲西北部一个地区。译注。

潮湿的沙地上,他停下脚步,从夹克里掏出一个扁平的小烧酒瓶。他一边拧开瓶盖,一边看了我一眼。犹豫一下后,他手臂抬起,仰起头,把浇酒灌进自己体内。这时我拿出相机,拍了几张照片。画面上,他都是逆光剪影。其中一张现在就在我面前,靠在台灯上。我喜欢这张。一个男人,在他人——尽管那人先前没喝彼诺——的注视下,仍要饮酒。这位体重不轻的大块头男人,头发乱糟糟的,他的姿态无疑在说:我无所谓。就像汤姆·考特尼,他拒绝道歉,接受禁闭,一副满不在乎的模样。

梵特还在潮湿的沙滩上走了一阵。偶尔他会停下来,像先前喝酒的样子,仰起脖颈,脸朝向太阳。这位脸膛晒成棕色的男人,大约五十八九的模样,除了眼睛下面有些酒精的痕迹外,拥有一个健壮的外表,让人很愿意将他想象为运动员。然而在这个外表下,却是伤心和绝望,它们随时可变为愤怒和恨,恨也会是对自己的,如果一个男人看到轰轰隆隆开来的大货车,不再敢相信自己的双手的时候。

17 这会儿,他缓步走来,站到我跟前。他准备开口说话的样子,表明他正受着回忆的撕咬,就像他刚才站在水边。

“他叫梅甸,这个北非人,梅甸大夫。‘现在,您女儿最重要,这点您必须明白。’您说说,他竟敢这样跟我说话:‘这可事关您的女儿!’就好像这不是我 27 年来生活中最重要的所思所念似的! 这句话一直困扰着我,就像脑子里有无休无止的回音。这句话是我们第一次谈话结束时他说的,然后,他从桌子后面站起身,陪我走到诊室门前。他一直主要在听我说,偶尔会用他黑手里的银笔在纸上飞速地划拉几下。诊室内天花板上转动着电扇大叶片，谈话间隙，我能听到发动机轻微的嗡嗡声。长长的讲述后，我觉得自己都给掏光了。当他从半框眼镜的玻璃片上，向我投来他阿拉伯人幽黑的一瞥时，我就觉得自己好像是个坐在法官面前的罪人。

“您不要搬到圣雷米来，他站在门前对我说。这简直是个毁灭性的句子。这句话让人觉得，我为籁雅幸福所做的一切，都无非是一个当爸的为与女儿保持联系的绝望尝试，是对自己自我愿望的痴心妄想。好像尤其得保护我女儿不受我的影响似的。对籁雅我不过只有这么一个心愿，一个可以压倒一切的愿望，就是要让塞西尔之死带来的哀伤、绝望一去不复返。这个愿望当然与我有关。这是理所当然的。谁会为此指责我？谁会呢？”

他眼里溢满泪水。我真想用手拢一下他那让风吹乱的头 18
发。当我们坐在沙滩斜坡上时，我问，这到底是怎么回事呢？

三

“我可以把那天的每个小时说得清清楚楚。那是十八年前的一个星期二，是一个星期里唯一的一天籁雅下午有课。那是五月的一天，天空蔚蓝蔚蓝的，到处是花枝摇曳的树木和灌木。籁雅放学了，走在她身边的是卡罗琳。从上学第一天起，她们就成了好朋友。她们一起走下教学楼前的台阶，走到校园。卡罗琳蹦蹦跳跳的，可在她身边的籁雅一脸凝滞哀伤，看上去令人难过。一年前，她的脚步也是这样拖沓，当我们一起从医院走出来时——塞西尔在与白血病的抗争中失败了。这一天，籁雅与母亲安静的脸庞做了告别，她没有再哭。眼泪已经哭干了。过去的最后几个星期里，她的话越来越少，而且在我看来，她的动作也一天天缓慢笨拙起来。不论我同她一起做了什么，不管我怎么觉得从她脸上读出了她希望要什么，并买了许多礼物来送她，尽管自己也僵硬木讷，还竭力找出尴尬的笑话来说，——但都无法让这种僵滞有所松动；甚至刚入学后小学生活
19 的所有新印象，对她也无所帮助；就连卡罗琳从第一天起想方设法让她笑笑，也少有成效。

"'再见。'走到学校门口时，卡罗琳说，还搂了一下籁雅的肩膀。对一个八岁小女孩来说，这是一个不同寻常的动作：就像一个大姐姐，要给上路的小妹妹一些安慰与保护似的。籁雅什么也没说，眼睛还看着地面。然后，她过来一言不发地拉上我的手，走在我身边，就像在铅浆里跋涉。

"我们刚走过施维泽霍夫酒店，快到通往下方的火车站大厅的自动扶梯时，籁雅突然在人流中停下脚步。我脑子里正想着自己马上要主持的一个比较复杂的会议，便不怎么耐烦地拉了拉她的手。可她用一个突然的动作甩开我的手，低头站了片刻后，径直跑向自动扶梯。直到今天我还能看到她跑动的样子，那是在疾步行走的人流中，一种躲避障碍式的跑动，那宽大的书包在她窄小的后背上，好像忽然成了一件奇怪的衣裳。我赶上她时，她已经站到了自动扶梯的顶部，脖子向前探着，毫不

在意她正挡在行人前面。‘你听。’我走到她跟前时，她用法语说。她说话的声调和塞西尔的一样，与塞西尔我们一般用德语交谈，只是用祈使句时，她说法语。我的喉头不是为那高亮的法语生就的，对我这样的人，这样尖利的声音尤其具有独裁式的命令语气，总能让我吓一跳，即便只是无关紧要的事情。于是，我马上控制了自己的不耐烦，乖乖地把耳朵支向下面的大厅。这时，我听到了刚刚让籁雅停下脚步的声响：那是小提琴的声音。我犹疑地让自己被她拉到自动扶梯上，就这样完全违背我意愿地，我们来到下面的伯尔尼火车站大厅。

“我不知问过自己多少次了，如果我们当时没有这样做，如果那个音乐声没有恰巧让我们听到，我的女儿会成什么样子！如果我继续我的不耐烦，心里仍想着主持会议的事，拉上籁雅，让她跟我走的话！她会在其他场合、其他形式下，被小提琴声的魅力征服吗？还有什么别的可使她在某一天从沉重的哀伤中解脱出来？那样的话，她的才华也可以得到展现吗？或许，她会成为一个很普通的女孩子，有着很寻常的职业理想？还有，如果我当初没有注意到，籁雅的才华对我是个挑战——我本来对此没有一点思想准备，我如今又会是怎样的？

“那天下午，当我们站在自动扶梯上时，我正是一位四十岁的生物控制论专家，系内最年轻的教授，还如人们所说，是这新学科天宇上升起的一颗新星。塞西尔与疾病的抗争和她的早逝，给了我很大打击，其严重程度远甚于我的想象。不过，我能看到这个打击造成的外在影响，并通过精心安排，将自己的职业工作与尽父亲的责任兼顾起来。晚上，坐在电脑前，我能听

到籁雅在隔壁房间，在床上辗转难眠的声音，在她没有安静下来之前，我从来没上床睡觉过，不管时间有多晚。疲劳困倦，就
21 像缓缓爬行的毒药，我需要用咖啡来打发它们，有几次我差点开始再次吸烟。但籁雅不能在烟雾弥漫的公寓里同一个吸烟上瘾的父亲一起长大。”

梵特从夹克里掏出香烟，点燃了一支，就像今早在咖啡馆的样子，用大手挡着风，罩着打火机。现在在他的近处，我能看到他手指上的尼古丁。

“在我看来，一切已慢慢正常起来。只是眼睛下面的眼袋越来越大，颜色也越来越深。我现在还在想，如果我们当初没走上那个自动扶梯，也许一切会好起来的。可当时，籁雅的脚已经踩上了前行着的金属板，她又是那么害怕那个自动扶梯，这个害怕是从塞西尔那儿遗传来的，就像渗透，受到了这位被神化了的母亲的潜移默化。在那一刻，音乐显然比恐惧更强大，因而她迈出了那第一步，我又不能不管不顾，只好抚摸着她的头发，同她一起到了下面的大厅，加入到被小提琴声迷住的、屏气聆听着的听众队伍。”

梵特将半截子烟头扔到沙地上，双手捂起脸。火车站里，他站在自己的小女儿旁边。那形象让我感到刺痛。我想起，我到阿维尼翁莱斯丽家的情景。籁雅之于梵特的关系，是莱斯丽之于我所没有的。我们之间很平淡。不是无情无义，是干干巴巴的。是不是因为，在她出生后几年里，我几乎都在工作，几乎整天都没离开那家波士顿医院呢？

乔安妮就是这样想的。**作为父亲你是一个失败者**。[1] 22

我们没有过一次真正的休假,如果我出门,那就是去参加什么新外科技术推介会。我们回到瑞士时,莱斯丽九岁,她说的话,是乔安妮的美式英语和我的伯尔尼德语的混合语。父母之间的紧张关系使她作出决定,自己去结识父母不认识的朋友;乔安妮永远回归美国后,莱斯丽进了一所寄宿学校,学校很好,但是寄宿的。我觉得,她不是不快乐,只是她离我越来越远了。我见到她时,我们俩往往更像两个熟人,不像一对父女。

梵特的故事会是一个不幸的故事,这是肯定的;他的不幸出自幸运,只是这是怎样发生的,我还不知道,不过也没什么关系。

“那里站着一个不高的女人,”他的话飘进了我的思绪,“不过她站在一块台子上,这样可以看到她高出来的上半身。你的确可以马上爱上她!就像某人会爱上一个令人倾倒的塑像,感觉是轻微的,快速的,却很强烈。最先吸引住我眼球的,是那一头黑亮的头发,每一次头部动作后,头发都会从浅色的三角帽下再次向前探出,后面的长发,好像浇在她半长外套垫高的肩头上。那外套有着怎样的童话色彩啊!已褪色的粉红和褪色的黄色,就像一座王宫旧址的颜色。上面好像一个壁毯,凸现出
一条条卷曲着身子的龙体,上面还点缀有红线金线、小亮片,就 23
像颗颗珍贵的红宝石。她这件长抵膝盖的外套,有着怎样奥秘无穷的东方内涵啊!外套没有系扣,你可以看到里面齐膝的米

1 原文此句为英语。编注。

色裤子，上面束着赭色宽腰带，下面与白丝袜相接，脚踏一双漆皮皮鞋。上身还穿着有褶边装饰的白缎衬衫，其领子垫在外套立领下。她还将一块柔软的白巾拉过衣领，让小提琴垫在上面，由强有力的下巴紧紧压在上面。她头上的三角帽突出向外，布料类似于半长外套，只是要重一些，因为帽边镶有黑色天鹅绒。我们一起为她画了无数张画，在一些细节问题上，籁雅和我永远达不成统一。”梵特停了一下，又说，“就在厨房大桌子上画，桌子是塞西尔结婚时带来的。”

他起身走到水边。海浪冲过来没过了他的鞋子，他似乎没有注意到。“也不完全正确。”当他又坐到我旁边时——鞋上带着海草，他接着说道，“首先吸引我眼球的，是童话般小提琴手的波浪长发。这不完全正确，更引起我注意的，是眼睛，或者说不是眼睛，是只露出眼睛的眼遮[1]白面具，它几乎天衣无缝地与涂了白粉的脸搭配在一起。我在那儿站的时间越长，被那张罩住的脸迷住的程度便越深。起先，令我惊讶的是这个眼遮面具的固定性和纯粹的物质性，因为它们与深情音乐形成了鲜明对照。

24 “一个僵硬的面具怎么能带来这样的效果！慢慢地，我开始估量那缝隙后面的眼睛，试着去看。大部分的时间眼睛是闭着的，这时，那张扑了粉的脸显得凝滞，好似死的一般。琴声也好似来自天堂，她那被视若无睹的躯体好似一个通灵媒介，特别是在缓慢、抒情的段落，当乐器几乎不动，琴弓和手臂轻缓地

1 眼遮，只露眼睛，遮住上半部脸的面具。译注。

在弦上滑动时。此情此景很像是，面对着屏气凝神聆听的旅行者——他们将背包、行李和各种提包都放到了身边地上——上帝在发声，他们聆听着这强劲的音乐，犹如在聆听上帝的启示。除去这音乐声，火车站里的各种声响似乎都不再享有现实性。从那把黑亮的小提琴那儿传出的，却有着它自身的现实性，这个现实性是——我是这样想的——即便出现爆炸，它也不会受到些许动摇。

“不时地，这位女子会睁开眼睛。这让我想起一些银行抢劫的电影画面，每每我都会想到，那眼睛所属的面孔会是什么样子。整个这段时间里我都在想象中揭下小提琴手的面具，来赞颂她的容貌和眼神。我问自己，如果在吃饭或交谈时，面对这样一双眼睛和面孔，该会如何。后来我在报上读到，这位神秘的小提琴公主是个哑巴。这事我没告诉籁雅。还有她之所以戴面具是因为她脸上有烧伤伤痕的传言，我也没讲给她听。我只将报上报出的大名告诉了她，她叫罗耀拉·哥伦。为此，我得给籁雅讲伊纳爵·罗耀拉[1]和哥伦布的事情。她很快忘了，25
我讲他们也只是为了那个名字。后来我给她买了圣伊纳爵全集。她把书放置在她可以从床上看到作者名字的地方，书是没读过的。

“后来我们就叫她罗耀拉，好像她是我们相识已久的女友，她那天演奏的是巴赫 E 大调帕蒂塔组曲。对此，我当时一无所

1 伊纳爵·罗耀拉（Ignácìo de Loyola，1491—1556），天主教耶稣会创始人，西班牙贵族。译注。

知，到那时为止，我对音乐从未认真关心过。塞西尔有时会把我拖进音乐会，可是我的举止无异于一个外行傻瓜或艺术文盲。结果，将我带入音乐世界的竟是我的小女儿，于是我用自己的方法论，即科学理解力，去了解音乐的一切；在此不知道的是，所以喜欢女儿演奏的音乐，是不是因为自己对女儿的喜爱，或者只因为音乐看上去同籁雅的快乐相关。因为它们好像同籁雅的快乐有关。这部帕蒂塔组曲，日后她拉得很有深度，光彩四溢，任何人都无法与她相比——当然，我知道，这只是在我的耳朵里——如今，我对这个组曲太了解了，就好像是自己写的。它若能从记忆中消失该多好！

“我不再清楚罗耀拉拉的小提琴有多好。那时我对这方面一点判断力都没有，对小提琴声响的在行，是很多年以后的事，是在令我发疯的意大利克雷莫纳[1]之旅期间的事。不过在记忆中——尽管记忆很快会受到想象力的叠加及转变，这个能改变命运的乐器，当时有着怎样宏大温暖的声响，它能让人沉醉、上瘾。这个声响，与那戴眼遮女子的灵氛[2]，还有她的眼睛——那眼睛本为我梦寐以求——是怎样的浑然一体，以致籁雅一时把
26 我忘得一干二净，虽然这期间她的手一如既往——如周围有很多陌生人时——拉上了我的手。接着，我感到，她在脱离我的手，令我惊奇的是，这手是那样的潮湿。

“这手是那样的潮湿，对这手的担心，其实就是：也许这会

1　克雷莫纳（Cremona），小提琴制造大师尼古拉·阿玛蒂的家乡。译注。

2　灵氛（Aura），指一个人特有的光芒、影响力与造成的氛围。译注。

对她的未来产生很大影响,或者会在一段时间内起妨碍作用!

“对这些我当时茫然无知,我朝下看她的眼睛的时候——那眼里已经发生了怎样不可思议的事情。籁雅的头侧向一方,显然,是要在人群中通过一个狭缝更好地看到小提琴手。颈部的筋络拉伸到了临界,她只要看。她的眼睛在闪闪发光!

“我们去医院看望塞西尔的漫长时间里,她的眼睛渐渐失去了光泽——那曾是我们多么喜爱的光泽。棺木在墓穴落下时,她垂着肩膀,低着眼睛,站在一旁默默不语。我当时觉得喉咙哽咽,眼睛也开始灼烧,只是我不知道,这主要是因为塞西尔的离去,或者是因为这葬礼可怕的沉默,还是因为从籁雅呆滞目光中流露出的被遗弃感。可是现在,一年之后,这个光泽又回来了!

“我不肯相信地又看了一下,又一下。那里果然闪动着新的光泽,那是真的,看上去就好像天空为我女儿突然大放光彩了。她的身体,她的整个身体,都紧张到了极点,拳头上突起的手关节,像从其他皮肤中突出的一个个白色小丘陵。就好像她需要鼓起自己的全部力量,来承受音乐迷人的力量。现在回想 27
起来,又好像她要用那张力为她的新生活做准备。那个新生活就在那一刻,在她不知晓的情况下开始了——像一个站在起跑线上的短跑运动员,她紧张地站到了她人生的起跑线上。

“然而,这张力突然间消失了,肩膀重又垂下,手臂耷拉下来,就像遭遗忘的没有感觉的附属物。有那么一瞬间,我觉得,这突然表现出的疲软表明,兴趣已经过去,我担心她会从这着迷中重新掉入一年前绝望的虚弱。不过我看到,她眼睛里流露出的不是这些，而是什么相反的东西。那眼里还闪着亮，只是其中掺和有其他东西，对此我不去理解，先被吓了一跳：籁雅心里作出了某种决定，这个决定将是她生活的导演。我还感到自己的生活也陷入了这个神秘导演的魔杖圈，它永远不会像从前了，这让我感到既惶恐，又高兴。

“先前，籁雅的呼吸变得紧张、不很规则，脸颊上泛起红晕，让人觉得像在发烧；过了一会儿，她好像一点都不呼吸了，松弛的脸上好像有大理石般的苍白。如果先前她的眼皮不规则地不停地快速眨动了的话，这会儿却好像麻木了。只是在这一动不
28 动之中，意向却很确定——仿佛籁雅不允许中断对拉琴女神的注目，哪怕只是百分之一秒、让人根本无法注意到的中断也不行。

“如果考虑到后来发生的事，按照今天的理解，我要说：当时我女儿失落在那个火车站大厅了。

“我要说：在那一刻她好像突然踏上了通向自身的路，很投入，富有激情干劲，这是在很少人身上能发生的；即便在后来几年里，有时看上去事情完全会是相反的样子。她白皙的孩童脸上露出疲倦，这也是后来我常为她担心的，那是她通过音乐走上摆脱自身困境的道路，伴随着她对音乐世界的激情投入，身心消耗带来的。

“最后，女子以高昂激越的琴弓拉扬姿势结束演奏。之后短暂的沉寂仿佛吞噬了火车站里的所有噪音。接着，掌声雷鸣。女提琴手深深鞠躬，持续的时间也显得异常的长。她让小提琴和琴弓与自己的身体保持一定的距离，以使它们不受自己

过强动作的损坏。帽子一定固定得很好，因为不管她怎样低头行礼，波浪黑发落到了前方，帽子仍稳稳地保持在原处。她抬头时，头发又向后涌去，她还举起持弓的手拭去脸上缕缕散发。可那张苍白的戴面具的脸，着实让人吃惊，尽管这段时间里人们一直看着它。人们希望看到脸上的喜悦，或者疲惫，至少应该有些情感，然而，人们看到的只是怪异的面具和白粉。掌声 29
并不想停下。人群终于开始慢慢走动，赶路的人离开，另一部分则排成小队，准备在台子旁的小盒子里投入什么。有人看了一下手表，然后做出惊讶的表情，好像在问，时间是怎么过去的。

“籁雅留在原地。她没有发生什么变化，她有些恍惚不定，还在用眼皮的不眨动表达着这体验给她带来的强烈印象。她的不肯相信中有着那么多的感动，她不肯相信演出已经结束。她还想让它继续下去，永远继续下去，这个愿望如此强烈，以致当行迹匆匆的旅客从她身边擦过时，她还没有醒过来。她像一个有着自觉意识、很确信的梦游者，以一个新姿态，眼睛一动不动地盯着罗耀拉，就好像她是她目光可以操作的木偶，她可以让她继续表演下去似的。正是在这目光中，有着不可动摇的意识，在此，籁雅对她前所未闻的、后来具有破坏性的坚定意愿做了宣告，这意愿的坚定性在未来几年愈来愈发显见。

“现在可以看到，眼前的罗耀拉并不是一个人。一个皮肤深色的高大男人，突然忙活起来。他取过小提琴和琴弓，拉着她的手让她走下台子，然后以令我惊异的速度和麻利程度，将一切收拾停当。当最后一枚钱币落入钱盒时，总共用了不到两

30 三分钟。接着罗耀拉与她的同伴快步向自动扶梯走去。此刻,她不再站在台上,这位神奇的小提琴家好像忽然变小了,不仅小,且魅力丧尽,几乎还有些寒酸了。

“她拖着一条腿跟在后面。我为自己感到惭愧——因她的真实面目及她的不完美让我感到失望了,我还为她不能以完美的神话般的表演技艺、以她的神采走向世界感到了失望。他们随着扶梯升到顶处,随后从我们的视野消失了,这时我既高兴,又感到不幸。

“我走到籁雅身边,轻轻把她拉到身边,这是一个一贯的动作,既用来安慰她,又有保护的意义。她往往会把她的脸蹭到我大腿髋部,如果情况特别糟糕,她还会把脸埋在我身上。现在的反应不同了,即使那只是小小的反应,其差异微小得任何外人都不会注意到,但它却是能改变世界的。在我手心温和的压力下,籁雅慢慢回到现实。起初,像往常一样,她听任我的护卫行动。然而,就在那微小的一瞬间,当她的脸颊像以往那样要靠到我大腿上时,她突然停下,开始抵抗我的压力。

我觉得好像受到电击:在她的冥思遐想中,一个新意愿形成了,那是一种崭新的独立性,对此她自己什么都不知道。

“我吃惊地撤回自己的手,忧心等着接下来会发生什么。
31 自她清醒的那一刻起,籁雅还没看我一眼。这时,当我们目光对视时,我经历了一个很重要的时刻,我突然警觉到,这是两个成年人之间势均力敌的意愿的相遇。那里不再是站在施与保护的父亲面前、需受保护的弱小的小女儿,那里站着的是一个年轻女性,她满怀着对未来的愿望,并要求自己的愿望受到无条件的尊重。

“在那一刻,我感到,我们之间的新时代开始了。

“不过,尽管当时这个感觉很新、很显著,而真正理解它,还是要过些时候了。‘这可事关您的女儿。’那个马格里布人的话真可恶,除了指责还能有什么别的意思!难道自十三年前罗耀拉在伯尔尼火车站出现起,我没有为籁雅真正操劳,都只是为我自己吗?开始的几天和几个星期,我又气又恼,对这个指责不愿做一分钟的思考。但医生的话总是在脑袋里转圈,影响我入睡,影响我醒来时的清醒程度,直到我终于疲于对抗,用上自己坦然淡定的心态,尝试着用一个外人的眼光来看待自己。也许我当时真的无力认识到,籁雅有了自己的意愿,而这个意愿完全有可能不同于我为她所梦想的?

“我从未想到,自己有可能陷入如此灾难性的无能状态;如果我确实受制于此的话,那是因为这种无能表现在阴暗的不被察觉与迷惑人的变化之中,这些特性会使人对这种无能缺乏认知,会使它隐藏在蒙人的关怀备至的外表下。旁观者绝对不会 32
认为,我不照顾籁雅的意愿。恰恰相反,在旁观者眼里我一定是这样的:年复一年、日复一日像一个仆人,甚至像奴隶似的为她的愿望效劳。从这个或那个同事和工作人员的眼里我可以看到,他们质疑我的尽心程度,因为我的生活完全受制于籁雅的生活节奏,受制于她技艺上的提高和下滑、她的高飞与跌落、她的欢快与沮丧、她的心情与她的疾病。一个时刻为自己女儿幸福着想的父亲,即使他最终走在错误的道路上,谁又能否认他不具有了解女儿意愿的能力呢?对她天赋的独裁我俯首帖耳,心甘情愿。那个马格里布人凭什么怀疑我没有将籁雅当作自主独立的人？他怎么可以用他温和的专制方式，让我理解，就是这种无能，导致籁雅成了他的病人？他说：‘您不要搬到圣雷米。’我的上帝啊！”

四

梵特站起身，又一次向水边走去。从他夹克口袋能依稀看到拳头的外形。我也跟着走了过去。他掏出一个扁平烧酒瓶，犹豫了一下，看了我一眼。我迎着他的目光，盯着不动。他的拇指揉着烧酒瓶。

33 “我还想接着听故事。”我说。

他的脸上露出一丝微笑。汤姆·考特尼从没有理由做出这样的微笑，不过要将这微笑放到他脸上也有可能。

“好吧。”梵特说，随后把烧酒瓶放回口袋。

一个带着纽芬兰犬的人迎面走来。狗跑在前头，然后停在我们面前吁吁地喘着气。梵特抚摸着它的头，让它舔他的手。我们相互没看一眼，但我们都知道，我们在想籁雅和动物。这种方式，这种在目光里交流思想的方式，我同乔安妮，或同莱斯丽曾经有过吗？可我认识马亭·梵特还不到半天。

狗跑开了，梵特把手在裤子上蹭了蹭。我们接着走向水边。风小了些，海浪发出轻微声响。

“籁雅喜欢看平展如镜的大海。这会让她想起清晨时分日本寺庙里古钟的叮当声。她喜欢这样的电影，喜欢做这样的比较。一次，首尔举办奥运会的时候，夜里我打开电视。记者说，韩国人喜欢将他们的国家称为宁静的黎明国。这时，籁雅一声不响地光着脚，站到我身后，一定是过多练琴后无法入睡。‘名字好美啊。’她说。我们一起观看平静水面上的划艇比赛。这是在火车站遇到罗耀拉的几个月以后。”

他举起烧酒瓶快速地喝了一口。动作很机械，是下意识的， *34*
紧接着他又沉浸在回忆的洪流中。

“籁雅看着小提琴手在扶梯上消失了。她刚一迈步，便崴了脚。好像一段梦游似的走神之后，意识还没回到身体，就迈步了。她一瘸一拐地，做出疼痛的鬼脸，不过看上去不像过去那段时间，有点小伤就显得很苦楚拧巴；倒像有些迷惑不解，只想将这疼痛当作什么恼人的、需做一下关注的事而已。我把籁雅的腿捧起来的时候，有这样一个想象，我既像一个医生，也像一个崴脚的始作俑者。这个想象维持了很长时间，比无关紧要的脚踝扭伤痊愈的时间长很多。籁雅脱颖而出时，这个想象才消失。可当我偷偷摸摸走访了圣雷米的医院花园后，这个想象又回来了。我什么也没做，只是远远地看到籁雅一瘸一拐地走过，她的年龄不容易看出来，她的表情很陌生，那个感觉又回来了：我是她生活受到深深伤害的见证人。她的心碎了，那个北非人（用法语）说。

“那天看了罗耀拉的演奏，晚上的情形全变样了！我们一起穿城散步，我们还从未这样在伯尔尼走过。我们走着，就好像走在时间之外，将我们与石拱门及其他现实物体隔开的，好像是一个空隙，一个微小的窄缝，这使那千万个我们熟悉的事物都与我们毫不相干。唯一重要的是，籁雅又散步了，那步履
35 看上去很自在，有目的，她已经很久没有这样的步履了。那脚步又在我心头点燃起希望，火车站的音乐仿佛激活了她的心灵。

“她一瘸一拐，但看上去不必为此担心。她对疼痛的持续忽视，显然在传递特定信息，谁也不会怀疑，她的意愿决定着我们的去向。好长时间里，我们一句话都没说。她默默地带我走过一条条我已经多少年没有走的街巷。她身上似乎有一个神秘的无穷尽的力量在驱动，她望着石砖地的眼光，阻止我去提问。结果我还是问了一句：‘我们去哪儿呢？’她瞧也不瞧我，好像精力集中到了最高程度，用法语说道：‘走就是了！’这声音就像一个懂得很多的人，他不想对自己的知识作出任何解释，而只对另外一个发出指令。

“一时间，众多类似的场合如一股洪水涌入我的脑海，那是塞西尔温和地、压抑着不耐烦地对我说‘走就是了’的场景。籁雅这样说，开始时，令我着实享受！我曾是个脖上挂着钥匙，不论在学校，还是在街区，必须靠自己的心机独当一面的顽童，而此情景如同有人将我拉到他身边，让我感到既非同寻常，又得到了解脱。

“我们幽灵般地行走着，由于籁雅的不耐烦，有时我们的散步几乎成了行军。这样持续了一个多小时，当我的眼睛扫过教堂塔钟时，忽然我热辣辣地想到那个该由我主持的重要会议。这是一个很重要的会议。

“投资者和大学管理层都会到场，它维系着我们实验室的 36
未来命运；这就是说，我不在场是不可想象的。一想到我的员工，一想到得承受他们充满困惑质疑的目光，我顿时从自我丧失的状态中惊醒过来——我的现状是，我只是个籁雅的伙伴。看到一个电话亭后，我马上在夹克口袋里找起硬币。可我忽然又感到籁雅身上的神秘劲头，我当即作出决定——在接下来的几年里，这个决定也是我屡屡要作出的：我要将女儿置于我职业生涯的前面，不论它会带来多么严重的后果。她的意愿对我来说比其他任何事情都重要，它将决定我们两人的行动。她的生活也比我的更重要。对此，那个马格里布人一无所知，一无所知！

“我落在了籁雅后面，然后又赶上她。我们开始转圈子，慢慢地我意识到她并没有目标，或者更确切的说法是，她的目标是不可抵达的。她走在我身边，却好像她本来要去什么别的她也不知道是哪儿的地方，又像是她宁愿在一个非常不同的、更有意义的空间走动，而不是在伯尔尼老城区。

“现在我们走到库姆霍兹(Krompholz)音乐商店跟前了，那里总摆着几把小提琴。让我至今困惑不已的是，籁雅漠不关心地走了过去，没有朝橱窗里望上一眼。尽管如我不久后了解到的那样——当时她心里已经在孕育着什么，这个乐器也将对她的生活产生非凡的意义。我自己的眼睛扫过小提琴，并以我们 37
寻常的思维想象方式，将它同火车站的小提琴手联想了起来。此时我还不知道，小提琴对我们两人的生活会意味什么，也不知道，它将会改变一切。

“突然，籁雅所有的劲头好像一下子消失了。踝关节的疼痛一定越来越难以忍受，如果她先前在我跟前是一个无言前行、武断专横的小君主，现在她便只是一个脚很疼，只想回家的疲倦的小女孩。

“回家时，感觉也完全不似以往。有点像长途旅行后：家具上的一切令我惊异，它们的用途让我觉得值得怀疑，那些小心设计的灯盏布局，也突然不再为我期待，它们让人闻到灰尘及空气不畅的味道。许多可以忆起塞西尔的东西，似乎受到了无形一击，向过去倒退了。我在籁雅肿起的脚关节处做了加压包扎。她什么都不吃，只是用眼睛漫不经心地瞟了瞟加了藏红花的米饭，这本是她最喜欢吃的。突然，她抬起眼睛，看着我，那样子就像一个人一边打量着某人，一边要对他提出重大的人生问题。

“‘小提琴贵吗？’

“这几个字，是用她清脆的孩子语气说出的——直至生命的终结我都会听到这个声音。这下我突然明白了，她内心发生了什么，以及我们在城里进行漫无目标的奇特漫步时，是什么令
38 我们心绪不宁：她感到，她也想做那个身着童话般衣饰的小提琴手所做的事情。那个伴随对母亲的哀悼而出现的茫然结束了。她又有愿望了！这令我喜出望外，我知道为此可以做什么，我知道只能无奈旁观的日子过去了。

“‘有的小提琴非常贵，只有有钱人买得起，’我说，‘不过也有不很贵的。你想要一个吗？’

“我在客厅坐下，直至听到籁雅平静的呼吸。我这样坐着，

后来我对它失忆了很久，它再次出现，是在籁雅被接走，被带到远离瑞士、远离有关她的扰人报纸的圣雷米医院，带到那个北非人那儿的时候。这天夜里，在客厅里，我突然有种强烈的感觉，那是会失去塞西尔的感觉。这点听上去一定很残酷：使塞西尔一直留在我身边的，是籁雅的沉重哀伤。在女儿的哀伤中，母亲往往比生前更有影响力。这个晚上，几个小时之后，籁雅心里的哀伤渐渐被一个面向未来的新情绪取代了，塞西尔的当前性也在褪色。这点令我震惊。难道在过去的时间里，妻子仅作为籁雅的母亲存在着？

“我站起身，每间屋都走了走，看了看，触摸那些可以想起她的东西。在她的房间待的时间最长，那里有考古学家会有的各种形体和彩绘碎片。不过，那只是她的爱好——是她思绪漫
游时的另一面，对她这个方面，知道她是个果决的护士的人一 39
般不会想到。自她死后，籁雅和我就没有动过这里。在锁上的门后面，没有时间流逝的一年过去了，那里没有未来，在那里当前都被挤入了过去。籁雅关于小提琴的提问，动摇着这里的神圣性。至少当我再次坐到客厅沙发上时，是这样的感觉。

“我是对的，没过多久，公寓里便充盈起尚不灵巧的吱吱哑哑的小提琴声。我们将塞西尔的房间改成音乐室，籁雅还嘟起嘴，又自豪又俏皮地用法语将之冠以‘la chambre de musique’。我们将它装饰得既明亮，又有些老式奢华，它应该像法国或俄罗斯的老沙龙——有才华的年轻音乐家在那里为贵族们演出，那些贵族穿着富丽堂皇、呆板夸张的衣裳——我们可以笑着说这些，在此又不禁想起罗耀拉的服装。能这样为籁雅的未来做

装备，实在很不错！

“不过，有时我还会躺在床上不能入眠，随着女儿在小提琴上取得的进步，塞西尔越来越成为过去，这令我伤心哽咽。这伤心中会夹杂着不理性的对籁雅的无形怨恼，她占去了我妻子的位置，没有妻子，我会很早出大错的。

“籁雅让脚痛疼醒了。我为她换了绷带，然后我们聊起火车站的小提琴表演。我由此了解到，原来我对女儿许多重要的方面，都一无所知；这点在接下来的一些年里我还会一再感受
40 到，而且每每令我伤心；原来我自以为了解的，其实只是我的想象投在她身上的影子。

“我为她编出的差不多是一个神话故事，籁雅考虑的却是一些实际问题：罗耀拉的手指在琴脖子上上下移动时，她怎么能知道，她该在什么地方停下；还有，琴马上面紧绷着琴弦，木板下面是空的，为什么它压不坏下面的木板。这两个谜我们俩都解不了。我们还聊起有关小提琴的一般常识，当我提到响彻在小提琴声响上的那些传奇名字，如斯特拉迪瓦里[1]、阿玛蒂[2]和瓜奈里[3]时，她睡着了。那时，它们不过是些神话般光彩夺目的名字。当时就此罢休就好了！我为什么要把它们带入了我们的生活？

“那天晚上，我睡得很不安生，同两个女人争吵不休，她们相互叠加，形象扭曲，混在一起。其一是露丝·阿达，她是我的

---

1 斯特拉迪瓦里（Stradivari，1644—1737），意大利弦乐器制造师。译注。

2 阿玛蒂（Amati，1596—1684），意大利克雷莫纳的制琴师。译注。

3 瓜奈里（Guarneri），意大利小提琴制造家族。译注。

长年助理,还是实验室的代理负责人,她看上去气势汹汹,掌控着我和我的命运。当我在电话里告诉她,为什么没去开会,甚至没有事先打电话的时候,她不信任地问:‘你忘了?’‘这应该能理解啊,’我说,‘籁雅出了意外,除了她,别的事我无法考虑。’‘她在医院吗?’‘没去医院’,我答道,‘在家跟我在一起。’好像我在坦白罪过,露丝一时没有说话。‘附近就没有电话亭?你能想象这让我们有多尴尬吗?——跟这些大佬们坐在一起,却不能说明你为什么没来。’这是现实情况。在梦里她说的却是:‘你为什么从来不打电话?对我在做什么,你一点都不感兴 41
趣吗?’现如今她坐在我办公桌后面,雄心勃勃,很干练的样子,鼻子上架着一副卡地亚眼镜。在梦里,我指责她卖给我一把破提琴,第一次拉弓,琴马就倒了。我气愤已极,很费劲地说着气话。露丝对我置之不理,转身去接待下一位客户。梦里她在库姆霍兹音乐商店工作,她笑话那个在实验室打扫卫生的清洁女工,笑她总是嘎嘎傻笑。”

五

吃饭的时候,这个梦让我们笑了起来。我们第一次这样一起笑。梵特的笑开始有些迟疑,不太确信,随后渐渐自然起来。我确信:他一定得克服这种——他丧失了笑的权利——感觉。我们坐在外面,在饭馆有四面围墙的避风的院子里,普罗旺斯的阳光下，白墙很亮，亮得刺眼。桑泰斯-马里耶德拉-梅——这个有浅色白墙的地方，对我来说，就是我看到梵特笑的地方。

这种笑也会适合汤姆·考特尼吗？看了那个电影很多年之后，我在伦敦的舞台上看到了这个演员。那是一个喜剧。他演得不错，可我不想他这样，中间休息的时候我就离开了。但对梵特，我希望他这样，我希望能更多地听到这个笑。这个笑表明，他不仅是籁雅的父亲和他不幸命运的受害者，他还有另外
42 一面——他还是个有魅力、有闪光智慧的男人。我希望我能在他那逆光喝酒的照片旁边，再放上一张他的笑脸照片。

他克制了一下，要了一杯矿泉水，只是喝咖啡时，要了格拉巴酒[1]。他问我是否有妻子和孩子，他想知道。他那种很有距离感的问话方式，差不多让人觉得是很礼貌的。有那么一刻，我甚至觉得有些受伤。后来才知道，那是先着手的防御。因为他害怕答复，害怕听一个男人讲他的家庭生活更幸运，同妻子和孩子相处得更好。

我讲了一下我的离婚和住宿学校，却找不到别的话去解释跟乔安妮和莱斯丽到底是怎么回事。然后我讲到那个男孩，那个突然出现在停车场出口、站在我车前的男孩。真悬，就差了几厘米。我心脏一直怦怦跳着开车回了家，坐到沙发上时甚至也没停止这种狂跳。我跑进浴室，吐了。一夜不眠，只喝甘菊茶。第二天是周日不用工作，我打了一天瞌睡，电视开着，希望能转移注意力。头痛得厉害，情景就像当年我准备国家级考试

1 格拉巴酒，一种意大利白酒。译注。

之前。星期一上午又进了手术室。

“我几乎不再能相信我的手，不再相信近乎自动生效的记忆了。切开口子以后该做什么？如何处理出血？站在我右边的护士不出声地递来手术刀。秒针在走动，我觉得所有的眼睛都在望着我，口罩上方是保罗错愕的双眼，回家的路上仍然头痛不 43
已。长距离散步时我常停下脚，闭上眼睛，思绪中我又站到手术台前，对血的恐惧无法抑制，鲜血流啊流啊，病人失血而亡。

“‘你们的血没用完，就是一个奇迹。’一位老同学说，其间他成了精神科医生，‘你怎么就不能不干这行了？比如当个摄影师，或者摄像师什么的？说不好什么时候，我们会失去生活中的理所当然。你会老的，把它当作你老了的标志吧。’

“一个星期后，我提前退休了。告别时得到的花束，被我在最后一次回家的路上扔进了垃圾箱。不过我天天还像外科医生那样，早早起床。”

在此我没有讲的是，在家里我怎样把我那些在波士顿时的照片拿出来看，那是一个胸有成竹的男人的照片；拿出来看的还有我的授课及手术视频；我也没有讲，我当时怎样在自己脸上探索地寻找安全感；我是怎样羡慕地望着我那双既安全又灵巧的手，鲜血对它们不会有丝毫影响；我怎么突然有种感觉，当前的惊魂导致了过去一切的倒下，那是多米诺骨牌似的轰然倒下，一个接着一个，全都是假象，不是撒谎，是假象。我隐瞒不提的还有：通过电话预订了阿维尼翁的酒店房间后，我竟然恐慌起来，因为我突然不再知道如何办理入住及退房手续；我怎样练习说那些应该说的话；然后当我不可思议地躺到床上时，

我竟想起我在印度和中国香港开会时住过的豪华酒店。什么是
44 自我信任:它为什么会这么情绪化?它对事实为什么会这样茫然?我们终生都在努力建立这种自我信任,要保护它,加固它,知道对于幸福它是最珍贵的,不可缺少的。可突然间,一个陷阱活门阴险无声地打开了,我们落入一个无底深渊,曾经的一切都成了海市蜃楼。

“女儿在寄宿学校上学,那是什么感觉?”梵特问。“能感觉到,她在长大吗?抱歉抱歉,我只是想做一下想象。”他还问我,常去看她吗,经历过她的初恋和第一次爱的苦恼,还有选择职业时的感觉混乱吗。

我和莱斯丽坐在寄宿学校旁边的咖啡馆里。“跟安德烈——已经过去了。”她掏出手帕拭向眼睛,说,“我自己想象的要更好些。我指的是初恋。”我觉得她还想问的是,你那时候是如何度过的?只是她没有问。“想当医生。”另一次,她这样笑着说。“不行。”我说。“行。”她说。我觉得,那次我们临别时是第一次也是最后一次拥抱了。

我沉默下来。“抱歉抱歉。”梵特说道,要把我找回来,他又讲述了一个梦中细节:小提琴一经露丝·阿达触摸,马上萎缩,慢慢地,在库姆霍兹音乐商店只能买到八分之一大的小型小提琴。梵特希望,她会为自己的触摸羞愧不安,穿上她的超短裙。我知道他没有做这个梦,这是他刚刚发明的,为了同我言归于好,因为他先前向我问了莱斯丽的事。

45 “库姆霍兹商店里的真售货员,”他继续说,“完全不同于露丝·阿达;在研究所,露丝慢慢地差不多成了我的对头,不过我

赢得了卡塔琳娜·瓦尔特,就是那个梦里的第二个女人,差不多算个女朋友,关于籁雅的事,我常在思想中与她对话。罗耀拉音乐会的第二天早晨,我作为第一个顾客走进商店时,就是她迎了过来。这是一个约莫五十来岁的女人,她的举手投足以及那浅灰色的平静目光,都给人以从容自若的印象。八岁女孩学琴,她说,那得先从半大的小提琴开始,十岁左右可以用四分之三大的,到了十三四岁,就可以慢慢过渡到正常大小的小提琴了。见我对'半大小提琴''四分之三大小提琴'这样的表达面露惊奇时,我第一次看到了她矜持的微笑,它与那夹杂着白发的头发,及显得严厉的盘在脖子后面的发髻配得恰到好处。后来我还去她那儿买了些唱片,只为了再次看到那个微笑。

"她从库房为我取来的小提琴,木料颜色较浅,上面有些动感的微细纹络。我把它小心翼翼地拿在手上,生怕它会在稍微强劲的动作里化成土灰。'您不想带您女儿来吗?这样我们能比较肯定,这个大小是不是对她适合。'这个女人我刚刚认识不过半小时,就说出了这样恰如其分的话语。不错,这正是一个很自然实际的问题。不过我现在回想起来,她好像那时已有感觉,觉得我会犯错,犯不切实际的错误。现在我还能看到,我犹 46
豫时,她的眉头怎样向上扬了扬。在那个顾客稀少的早晨,如果我听懂了这位理解生活的女人的教导,一切就会是另外的样子。然而,我却说——听上去一定是带歉意的:'我想给籁雅一个惊喜。'随后我为小提琴付了第一个月的租金。'如果有任何问题,您带籁雅过来就是。'女人说着,递过来她的名片。

"她直接用到籁雅名字的话语,一直在我心里回响。提着小提琴盒走出商店的时候，我有个感觉，我手上从来没有过这样珍贵的东西。路人碰到琴盒的时候，我差不多吓了一跳。剩下的路上，我干脆把它紧紧抱在胸前。

“走进研究所时，我正是这副模样。然而，没有谁对小提琴献上一丝关注。这些同事怎么能知道，这是籁雅重新醒来、走向生活的象征？因此，我很生他们的气。他们对这么一个珍贵物件竟然没有过问一下，竟然没有一句表示，只是静静地在那儿坐着，等着我来解释不可饶恕的缺席会议的原因。就是这种不闻不问让他们成了我的对头。

“当我坐进办公室，越过城市眺望远方的阿尔卑斯山脉时，我作出了这个决定：我不会自觉自愿向他们做解释，向他们道歉的。那一座座山峰，白雪覆盖，雄伟壮观，同绿色草地一起，耸立在有着均匀蔚蓝色的天空中。昨天在籁雅学校门前，我也望到了这个景色。自那时以来，还没过去二十四小时，只是，世界已经改变了。

47 “办公桌上有张秘书写的纸条，有关所长的电话，让我去见他。很快，我坐进那个闪光镀铬的大学办公室——屋里摆满了电子设备；自己随即变成一个执拗的学生——我曾经如此，对任何警告威胁置之不理，照样将口袋国际象棋在课上掏出来，但谁也不能把我怎么样，因为尽管旷课，我仍可以很快将落下的功课补上，并在重要的考试上再度名列前茅。那时候我很会作假，就像下国际象棋：你必须想在对方前面。此刻我也必须这样，我要对抗所有人来保护籁雅。这点他们可以放心。

“所长无法知道，坐在他面前的同事心中，那个当年走街串巷、冷血撒谎的顽童又醒了过来。我觉得，对我所编造的简短和干巴巴的籁雅出意外的故事，以及它听上去多么缺少歉意，所长一定感到吃惊。可他除了相信我，也没其他办法。最后我们只好重新定了一个再次同投资方会谈的日子。

“我耽搁会议的事件渐渐被人遗忘。但我与其他同事之间，却留下了某种冷漠。露丝曾一而再地在背后说我的坏话，不过我总是谨小慎微，走在他们怨恨的前面。如我说过的，这点他们可以放心。”

48

六

“籁雅的转变就像一个无声爆炸。那天晚上，去学校接她前，我将小提琴盒打开，放到她床上。她站到小提琴前时，没有惊喜的欢呼，没有兴奋的跳跃，没有快乐的表达，没有喜形于色。其实什么都没有出现。籁雅只是拿起小提琴，拉了起来。

“当然，这不是真的。但是，如果我要描述籁雅面对这个乐器所做的一切，她所表现出的令人惊叹的自然而然，那我便找不到比这更好的文字了：她拿起琴，拉了起来。看上去就像是，她整个时间都在等着它：她为之而诞生的乐器终于送到了她手里。第一次她在学校上台表演时，卡塔琳娜·瓦尔特在台下就说：‘这个女孩的表演有一种绝对的权威性。’她手里拿着小提琴时，表达的正是这点：权威，并且优雅。

“可是它到哪儿去了？那种自然而然的权威性，那种在她演奏动作中表达出的优雅？消失在哪里了？”

梵特被烟呛着了，喉结急剧蠕动着。我观望着他在白墙映衬下的脸色：在看似健康、运动型的棕色后面，依稀可见某些痕迹。他用袖子擦了擦咳出的泪水，又继续说：

“籁雅身上还发生了别的事情：几乎一夜之间，她从一个迄
49 今为止一直温顺的小女孩变成了一个非常执拗的小成年人。我第一次经历这样的转型，是在我们要为她找小提琴老师的时候。

“对籁雅，需要一个女老师就可以了，这点在第二天一早已经很明确。放学以后，我们直奔音乐学院提供的三个地址。可籁雅对这三位一概拒绝，她拒绝起来总是用一种方式：谈话刚刚开始，她便站起身，一言不发直奔房门。每次我都暗吃一惊，结结巴巴地道歉，做出一些无助无奈的手势。等出门走到街上问她什么原因时，我总是得不到任何解释，她只是一边断然摇头，一边执拗地快步前行。从那时起，我才有了一个概念，知道了拥有一个有自己主见的女儿，是怎样一回事。

“玛丽·巴斯德，这个名字对我们两人都好像一座灯塔，它披着某种不为人知晓的光芒出现，照得我们眼花缭乱，最终在我们生活里留下了不可磨灭的烧痕。可当时我差点错过它。那天在开车回家的路上，我们从一个黄铜牌子边开过去，这个名字就刻在上面，每个字母都闪着黑色的光泽，此外还刻有‘提供小提琴课’的字样。这座房子处在十字路口，当我意识到我看到了什么的时候，已经开了过去。我踩了急刹车，因为差点造成追尾，惹得籁雅一声惊叫。接着我绕楼区开了一圈，直接停

在那座房子跟前。那块黄铜牌子就挂在铁栅栏门上，从这个门可以直接走进前面的小院。此时夜色已经降临，黄铜牌子由两 50
个似乎悬浮在门柱上的球灯照着。

“‘现在我们再试试她。’我指着牌子上的名字对籁雅说。

“我们走进前院，向附有铜皮的黑门走去时，我眼前出现了汉斯·吕蒂的身影。他是我的生物老师，我最终得以高中毕业还得感谢他。我们是在佛朗克书店的地下层不期而遇的，那里有许多国际象棋方面的书籍。那是一个普通工作日的上午，我逃了吕蒂的课。见到他，我心里特尴尬，表面上还作出一副满不在乎的漠然样子。

“‘马亭，这样下去会不大好办的。’吕蒂说着，平和又稳重地看着我，‘我不知道下次开会，我还能不能为你说些什么。’

“我用肩膀做了一个懒洋洋的动作，转过身去。

“不过他的话还是打动了我。不是因为这件事关于我会被高中开除，对这个可能我早就看到了；而是由于这话里的悲哀，和对我这样倔头倔脑、目中无人、从纪律角度看早就难以被容忍的男孩子的关心。既真切，又实在，他的话和他的眼光将他的关心展露得一览无余。已经有很长很长时间没有人这样关心我了，我一时方寸大乱。

“吕蒂拍我肩膀的时候，我正站在货架前，手里拿着卡帕布兰卡[1]全集。‘这是给你的。’他说着，递给我两本书。我觉得，我惊讶得连一句感谢的话都没说出来。汉斯·吕蒂，这个男人 51

1 卡帕布兰卡（Capablanca，1888—1942），古巴国际象棋大师。译注。

有着很正统的姓氏[1],永远穿着松垮的灯芯绒裤子,顶着一头蓬乱的红头发。当我意识到我手里拿着什么的时候,他已经走上楼梯。那是两本传记,一本关于路易·巴斯德,一本关于玛丽·居里。

“它们应是我一生中最重要的书籍。我把它们狼吞虎咽般地读完,读了一次又一次。高中的最后一年,我一节课都没缺,在自然科学学科的考试中没出一个错。吕蒂的话说到了点子上。

“对他为我所做的一切,我从未找到合适的话语说给他听。在这方面,我没有天分。

“而现在,我们要去见一位名叫玛丽·巴斯德的女士。我很兴奋,就像去赴第一次幽会。我按了门铃,随着门锁弹开,我们沿着红地毯上到二楼。

“在楼梯口等着我们的这位女士,围着一个厨房用花围裙,手里拿着一个厨师用木勺,竖起眉毛看着我们。我不是很容易被吓住的,可玛丽做到了,不论是在当时,还是过后。我当时能找到的唯一的抵抗方法便是:单刀直入。

“‘我女儿,’我一边上楼一边说,‘想在您这儿学小提琴。’

“‘你根本就没问过我。’后来籁雅对我说。而玛丽后来说,我当时说话的口气,就好像她必须得满足这个愿望似的;就好像她别无选择,不能拒绝籁雅似的。

“对意想不到的造访,她没有显出很高兴,有些勉强地让我

1 吕蒂(Lüthi),一个很传统的瑞士姓氏。译注。

们进了房间，将我们引入音乐室后，便在厨房里消失了一会儿。52
籁雅的眼睛开始在这又宽又高的房间里慢慢地、几乎有条不紊地探索起来，我看得出，她喜欢这儿。还有一点可以说明的是，在沙发上，她用手爱抚地滑过那些由擦光印花棉布做成的靠垫。当她起身走向角落处的大钢琴时，我敢肯定，她不会再一言不发地离去了。

“她喜欢这房间，这一点不令人奇怪。这里的家具给人既简约又精致的感觉，是一个宁静平和的场所。难以解释的是，马路上的声响在这里都失去了隆隆逼人的强度，听上去好似它们只是遥远的自身回音。主导这里的是赭色、米色和浅淡发亮的酒红色。一段时间后，我意识到，这一切正在以温和的含蓄方式，唤醒着对罗耀拉·哥伦那一身半长大衣的回忆。镶木地板闪着亮。天花板上的吊灯是新艺术时期[1]的。墙上是几幅著名小提琴家的大幅照片。还有印花棉布，很多印花棉布，整整一面墙都由这种光滑诱人的棉布覆盖着。她恨不得浸泡在这种印花棉布里，——上了一个星期课后，籁雅这样说。

“接着玛丽·巴斯德在房间出现。这就是那个以令人难以置信的不停歇的疯狂速度，开发了籁雅天赋的女人；这就是让籁雅可以笑，可以哭，可以愤怒，可以表达自己，而在其他任何人处都不会这么做的女人；这就是那个会让我的孩子以其特有的荒唐的致命的爱，紧紧依赖的女人；这就是让我在这个晚上、在自己不知晓之间还能爱上的女人；这就是我为她献上了不可

1　新艺术时期，指欧洲1888—1910年间新艺术运动期间。译注。

53 能的爱情的女人，因为籁雅在她不管不顾、超常的爱中，不会容忍身边任何人；而且当时的情况非常清楚，我必须从自己爱情的漩涡中冲出，否则我们，我女儿和我，将成为对头，也就是敌人。

“玛丽出现时，所有这一切还在我们前头。她身着长及踝骨的蜡染长裙——她有十几条这样的裙子，在我印象中，她总是穿着这样的一条；她脚踏软皮家居鞋，那鞋子就像她的第二层皮肤。她迈着惊人的小脚，一言不发走过一个个大房间，那天晚上，她就这样向我们走来，穿过房间坐到沙发椅一边的扶手处。一只手放在下腹处，另一只手在靠背上。望到她双手的那刻，我感到自己的手实在太大了，相比之下显得非常笨拙；我也马上注意到，她的手是怎样纤细优雅，且富有力量，那是一种本身没有强制痕迹的力量。道别时我握住她的手，我真想再也不放开，我很喜欢感受她手上的力量。

“这也正是玛丽·巴斯德通常情况下给人的印象，让我在第一个晚上便被她的内在气质吸引住的地方：一股巨大的无强制痕迹的力量。从她眼里，你也能看到这股力量。她用这个眼光注视着籁雅，嘴唇簇到一起，做出一个带着俏皮诙嘲的意味深长的微笑，提出了一个异常简单的问题：‘你为什么会认为，这把小提琴适合你呢？’

54 “这就是玛丽。总是要把事情搞明白的女人。不是那种我从自然科学上了解到的明白，也不是国际象棋上的明白。这是一种可以总结疑难问题的明白，那些问题会让我对它们的不可捕捉性感到恐惧。这种明白是要知道，人为什么做他们做的事情。难道每个人都不知道这个问题吗？他们当然知道。不过玛丽还是要明明白白地知道，他们为什么这样做，它又是怎样发生的，对他们有什么作用。她想了解自己的程度并不低于想对他人的了解；在关于了解自己的问题上，她坚持不懈，绝不退缩。就这样，我结识了一位要明白一切的激情者，她起先让所有的一切——哪怕是最熟悉的存在都显得很诱人，内涵丰富。这使我终于撞入不理解的黑暗，如果没有玛丽寻求明白的思路，我对这种黑暗是不会了解到的。

"对于玛丽的提问籁雅毫不犹豫地简单答道：'我觉得是这样。'她一口气说出这几个字，一副理所当然的样子，其中包含某种不可更改的意味。'你觉得是这样。'玛丽一边犹疑地重复着，一边移到椅子扶手的前方，双手交叉着放在腹前。一缕灰金色的卷发落到她额前。她低头看着闪亮的实木地板，嘴唇翕动，仿佛想均匀一下唇上的口红。我当时的印象是，她不知道该如何将谈话继续下去。后来我才知道，其实是另外的情况：正因为籁雅话里的确定性，玛丽迅速作出了接收她为学生的决定。'我知道这决定是对的，不过我需要一些时间来适应它。我有个感觉，问题可能会比较大，比较困难。我得有特别的注意 55
力来作决定。我更愿意在早上作这样的决定，而不是在长长的一天结束的时候。'她笑着说，'也许，明天十点半的时候。'

"'你能给我拉一下琴吗？'寂静中籁雅问道。我简直忘了喘气。尽管她这个年龄的孩子都还在以'你'相称，可籁雅不同，她很早就知道'你'与'您'的不同。她常常引起轰动，并享受它。她生我和塞西尔的气的时候,就会用 vous[1],听上去很像在 19 世纪的法国社会。如果她在例外情况下不喜欢狗,她会对狗称您,惹起整个公交车里乘客的笑声。因而籁雅这样对玛丽称你,并不是什么偶然,不是小孩子的习惯,也不是疏忽大意。

“不过,这个问题本身比这个称‘你’更惊动了我。就像当老师的是籁雅,玛丽得在她跟前通过考试。当然,这也完全可以仅仅是一个幼稚的措辞,因为缺乏对细微差别的敏感。我越来越紧张,在此,我对玛丽的感情并不少于对籁雅的,这种紧张令我对籁雅的某些秉性有所觉察——这种情形在未来几年里出现得更显著,对此种秉性我从未找到适当的语言来表达。这里没有傲慢,因为它缺少专横;它也不是高人一等,不是盛气凌人,因为籁雅的语句一点不张狂。也许我们可以说,她有一个
56 几乎是直觉的要求,一个主要为自己提出的要求,它会在他人身上投下影子,他人在这个要求下会显得矮小。

“这种对拉琴的要求尤其如此,拉琴如同在做神圣的弦乐弥撒,她之于乐音如同一位女祭司之于弥撒。女祭司——后来她的对手在背后这样称她——所到之处,空气都会凉下来。当然,这种自我修炼的愿望,后来也给予了她不平易近人以及要求苛刻的灵氛,还超出音乐范畴毒化了许多其他事情,特别是那些令籁雅走火入魔的新需求。本来,练琴与写作业之间的空闲时间就不多,她还用新愿望填充其间。她就这样很快成了饮茶专家、瓷器专家、老钱币专家。那些不经意踏入她当前兴趣

---

1 vous,法文的您。译注。

领域的人，都会成为她严厉的司法式的不耐烦的受害者。她的不耐烦从不表现在苛刻的话语上，她几乎不用语言，不耐烦的阴翳使她平时活泼的表情变得僵化阴暗，直至脸上只剩下石化了的礼貌的微笑。

“最终什么时候，玛丽对籁雅的‘征收’进行了抵抗，它就始于那个晚上，不受任何制约。不过开始时，没有孩子的她，觉得这八岁女孩的武断很有趣。只见她向钢琴走去，取来放在上面的小提琴。然后，她从蜡染裙子的口袋里掏出黑绒带，把头发扎起来，以免影响练琴。她用弓子在上面拉了几下，确定了不需要定音。随后，玛丽·巴斯德——这位曾以她的形象及演奏震荡了整个伯尔尼音乐学院的小提琴手，开始演奏起一首巴赫 57
奏鸣曲。他叫约翰·塞巴斯蒂安·巴赫，她说这个名字时，如同在说一个圣人的名字。

“接下来那些年里，我听了很多小提琴乐曲。可在记忆中——随着时间的流逝，随着不舒服的体验的增多，我学会了不信任——它们没有哪一曲能像那个晚上听到的那样打动我。我深信塞西尔说过‘幻觉’这个词。对玛丽的演奏，这应是一个适宜的词，因为这里面有音乐世界里应有的清晰度、精度、力度与深度，一切听上去又似完全不真实。罗耀拉·哥伦过去多久了，她的演奏一下子显得多么不完美！

“籁雅一动不动地听着，不过她现在的一动不动不同于在火车站的恍惚。她现在在听的是将成为她老师的女人的演奏，她听得全神贯注，在接下来的很多年里，玛丽说的每一句话，她都会这样全神贯注记在心上。我可以很轻松地在心里想象这种独有的专注。这不仅因为玛丽·巴斯德是一个令人神魂颠倒的美女,不仅因为她在演奏中与作出决定时,拥有无强制性的力量,还因为她可以在神圣激情中令人情不自禁地屏气凝神地演奏。我的目光从她面庞划过时,我想:真是巧手神功啊。后来,这个词像个鬼火,一直闪动在我那晚的睡梦里:巧手神功。

“玛丽结束了演奏,籁雅走过去,她触摸起小提琴,就像那是一个神奇的超感知的物件。玛丽抚摸她的头发,问:‘明天你
58 们什么时候放学?’随后,她们确定了第一次的上课时间。

“最后发展为天赋,发展为激情洋溢的信念的一切,就这样平静而平淡地开始了。我向玛丽递上我的手。‘谢谢。’这就是我所说的一切。‘没事。’她应道,她的笑容显示出她在模仿我的少言寡语。一些年之后,一切都结束前不久,她才多说了一句:‘谢谢你当初把籁雅带到我这儿。’”

伴随这最后一句的,是潸然而下的泪水。梵特扔掉香烟,双手遮到脸上。他的肩膀在抖动。

“我们去水边走走吧。”稍后,他说。事后,当我面对他那张逆光照片——他正举着扁瓶烧酒——在想象中同他交谈时,我很喜欢想起这句话。我还同他以你相称。我说,马亭,你为什么没有再给我打一次电话。如果一切真如我想的那样。

我现在想,当时我们的感觉应该是一样的:我们都想以某种方式相互敞开心扉,这方式需要较坚实的脚手架,最起码需要一些简单的支撑,比如对彼此的称呼,用以维系联系的,这样我们可以避免冲撞对方。这样,我们相互还是保持了称您。后来,

很长时间以后,只有一次,他说了你,就像一个人淹死前最后一次的求救呼喊。

“那天晚上,我们连吃饭都忘了。”走到水边时,梵特接着说,“我们基本上没说话。籁雅拿起弓子就在琴弦上拉起来,我坐在书桌前,望着玛丽·居里的照片。与玛丽·巴斯德的优雅 59
相比,她的坦然令我不悦。是的,我甚至生她的气,就好像她对我坐视不管似的。不过她们两者的眼睛却势均力敌。玛丽·巴斯德熠熠闪光的绿眼睛里,透着活泼风趣,具有不可抗拒的力量。这虽然是居里女士不具有的,但这个唯一一位两次获得诺贝尔自然科学奖的女人眼里,却有着前所未有的温和与善良。她的照片是我从那本书里剪下的,那是汉斯·吕蒂给我的突然袭击,他用这本书拯救了我。这双眼睛也可能是修女的眼睛,很长时间里,它们是我的避难所,当我作为一个大学生,不再知道前面的路在何方、很想放弃一切、很想逃到阿廖欣[1]那儿,逃到卡帕布兰卡和拉斯克[2]那儿的时候。

“我成功的唯一秘诀是我的坚韧不拔。这个特性不是居里女士的,是路易·巴斯德的,但我仍将这个特性归功于这位修女一般的伟大的女科学家,因为这两者不外乎是一个,是同一个人。对她,塞西尔总有些妒嫉,我们的婚姻生活中,这张照片有两次落到地上,不得不重新装上镜框。居里女士那时可以上大学,但她不可以。尽管她成功地当上了护士,连有些年轻医

---

1 阿廖欣(1892—1946),俄裔法国象棋大师。译注。

2 拉斯克(Bertold Lasker,1860—1928),德国国际象棋大师。译注。

生都要向她取经学习，但这点仍不能百分之百地证明，如果命运允许，她完全可以成为一名好医生和好研究人员。她的命运是苦涩的，父亲喝光赌光了所有的钱，她不得不尽快开始职业生涯，来照料长期卧床的母亲。在我们一起生活中的某些阴暗
60 的日子，她的怨恨痛苦也会冲我使来。‘不错，你父母从来都不在你身边，’她常这样说，‘可是你都不知道，这样你有多幸运。’

“因为不能掌握正确的持弓方法，籁雅很绝望，她不耐烦地直跳脚。我们一起尝试，记住小提琴家的名字，他们的肖像就挂在玛丽的音乐室里。临睡前，我还想象了一下，在我面前，女儿是怎样要求玛丽拉一段曲子的。我又看到了她请求的目光，看到了她在此骄傲的挺直的身姿——日后她还会赢得骄傲的。随后，我想到同卡罗琳走出学校时，籁雅在她身边拖沓的脚步，低垂的目光。这一切才过去了不过两天。”

七

我们开回圣雷米的路上，梵特还睡着。我感到庆幸的是，一路上迎面开过了不少大货车。快拐入城市入口时，我不得不踩一次急刹车。他惊醒了，揉了揉眼睛。“我想带您去一个地方。”他说。在他的指挥下，我开到了曾经是一个修道院的医院门前。

“就在这里。”当我们穿过公园的时候，他说，“那时我站在这儿，拿着望远镜等她出来，到花园来。大约两三点的样子，她

出来了。我是忍不住去的。我知道，我不被允许来看她——这是那个马格里布人说的——但我就要看她，哪怕在远处。我在 61
伯尔尼坐进轿车，就上路了。我常走夜路，这段路我都能背下来了。在车里我听巴赫……”他咽下一口唾液。“酒店里的人，都成了老熟人，每次都热情地同我打招呼。第一次时，我犯了一个错误，讲了籁雅的事情，以后他们便总跟我用法语说，‘啊，是籁雅的父亲啊……’真让人难受。

“就是为一把小提琴，我把女儿给毁了。每次离开时，我都这样想。很多次我都看她，一动不动地坐在对面的墙头上，抱着她的膝盖；或者游移不定地用耙子沿着土沟漫无目的地拖着；还有一次，她站在她房间窗户旁边，望着外面的田地，就像一个对这个星球完全感到陌生的人。

“最糟糕的一个画面是，她用右手后弯的食指尖沿着左手拇指上下移动，这是一个柔和的往复运动，有时她会中断下来，把手指伸向嘴唇，让舌尖将它润湿。以前当她练习一段需要许多弹拨动作的曲子时，这个动作我见过了多少次啊！她的眼睛始终全神贯注，就算当它们潮润时她会微微闭上眼睛，你也能感觉到眼睑后面，这个女孩的注意力是多么集中，她全身心都在手中的作品上。可现在是怎样的不同，怎样可怕的不同啊！那次我找她半天，最后终于在摞起来的木柴垛后面，发现了坐在长凳上的她。她坐在那儿，身子向前探出，指尖做着以前那样的动作。她的眼里空空荡荡，好像不知从何而来又该向何而 62
去，她好像在回想那个动作，也许还想起由弹拨造成的伤口，但她忘了这个动作的特性，因而机械地重复了一段时间后，它变得越来越慢，越来越漫无目的，最终完全消失。

“后来，不论我做什么，这张籁雅停下手指动作的画面，一直跟随着我。我会不断想起她破碎生活中的这一块。我会想：我的孩子，你的骄傲哪里去了？还有你那可以抵达自负边缘的自信呢？你那几乎让我无法入睡的练琴时的无情执着呢？还有你那可笑的，不经第一、第二步，便要抵达第三步的愿望呢？还有那个甚至对玛丽也保密的疯狂计划：在二十岁生日之前，就能演奏帕格尼尼随想曲……这一切都哪里去了？你为什么不能从那该死的木柴垛后面，再直起你的后背，高挑起你的眉头，对他人的不佳表演表现出惊异，以你的音乐告诉他们，什么是音乐，什么是真正的音乐？那天，在玛丽处的第一个晚上，你请求她演奏时，流露出的专横之音，令我震惊；后来，当你让他人感觉到你的优势时——其实你的突出更主要表现在，用尽全力抵达自我设置的过高目标后的疲惫不堪——有时我也会感到其中的冷酷。我从来没有告诉过你的是：你那完美下的急躁，你那过于仓促的摇头，由于他人动作太慢，你不得不等待时表现出
63 的无聊，有时也会让我受伤。如果情形不好，我会在想象中和你坐在一盘国际象棋前面，无情地让你掉进给你设好的圈套里，可等我清醒过来时，又会受到良心的谴责。其实你从未摸过象棋，这是件好事，这要感谢我们的明智。不过不管怎样，我只希望，那个自信、急躁、要求高得吓人的我女儿的表情，再次回到你脸上。在你的脸上，我宁愿看上一千次哪怕是最受伤害的表情，也不想看那该死的在木柴垛后面、没有神采的目光。

“她不允许做一个孩子，那个北非人说，从他那黑眼珠里，

我受到的指责比杀人指控还阴沉。这是什么意思？这个穿白大褂的人对你能知道什么？他见没见过你每次从玛丽那儿回来时兴奋的脸颊？见没见过你总是在厨房站着吃点东西，又马上接着练琴？他见没见过，当你第一次在学校上台演出，被雷鸣般的掌声淹没的时候，你脖子上出现的红斑？当日内瓦人为你热情跺脚吹口哨时，他在场吗？我敢保证，你那时很快活、幸福，尽管谈到你的成功时，卡罗琳和她父母扫来的目光，一年比一年更具质疑。

“‘她不允许做一个孩子。’听到这句话的那天，正下着雨。为了不被这句话噎死，我在沙滩上把一个铁盒踢来踢去，踢了好几个小时，踢得浑身都湿透了。有好几年，我总想说服你去 64
洋葱节[1]上看看，玩一次旋转木马。可是你说‘我想在家练琴’。我想在家练琴。即使是现在我还能听到你这句话，我还能听出这声音中的不耐烦和无声的责备，那言外之意是——你不是更了解自己的女儿吗，你应该更了解才对！‘我想练琴’——我很想将这句话的每一个字，投到那马格里布人的黑眼睛里，将那个指责，那个认为我剥夺了你童年、并为你日后生病埋下伏笔的指责，逼回他的眼睛里，让它后退，直退到它产生的地方，陷入困窘境地，最后在那个只有我知道的事实的重压之下，消失殆尽。

“那个旋转木马。即使这个插曲也不会说明，我有什么不对。这个插曲对我没有什么压力。那一年春天，你已经十三岁

1 洋葱节，这个传统节日每年11月的第四个星期一在伯尔尼举行。译注。

了，他们又来了，就是架旋转木马的人。这一次你突然很愿意去坐旋转木马。这里的一个游戏是，木马转圈时，在木马上可从固定在边上的架子上取走上面的银环或金环，银环很多，金环却只有一个。你是年龄最大的，比其他孩子都大很多，有那么一秒钟我甚至感到有些难堪，觉得这样一个看上去像个成年人的年轻女孩，站在游乐场音乐和孩子们的欢呼声中，要将耽误了的过去的童年快乐补回来，实在有些可笑。这个时候，你脖子上仍有红斑，眼里充满了希望与期待，就像一个五岁的孩
65 子。金环来了！你马上抓住了它，不一会儿，木马停下，你马上迎着我跑来，眼里噙满泪水。我给你擦眼泪，不能确定的是，这泪水是因为那个金环呢，还是为耽搁了的童年快乐的伤心。你自己抹去了具有多重意义的眼泪，将金环放在伸平的手上。你知道，你应该将它还给戴着牛仔帽的那个男人。可是，你不想照办。

"'我要把它送给玛丽。'你说，然后拉着我走开了。最后，玛丽把它还给了你。这是她做的最残忍的事。"

当我们开始登高时，一群手拿相机的游客走了过来。梵特不屑地哼了一声。

"哼，梵高啊。在这里可以参观他的房间。这叫死后窥私症。好像他陷入这个小地方还不够似的，他不得不割下耳朵，也还不够似的！"

他双手抓住自己的衬衫领子，提起来合到一起，他颈部成了白色。提起来又合到一起，他又重复了几次。令我感到遗憾的是，汤姆·考特尼没有把院长的脸打花。我遗憾了一次又一

次，从中午场，到夜场。我生他的气，因为他没有这样做，我就是生气。

我们停在梵特酒店门前。他还坐着，思想还留在那个医院。

“开始的时候不很明显。有时说出的话不很适合，有时说漏了什么，或者出现奇怪的逻辑。不过这些情况出现的间隔很大，很容易让人忘掉。后来有些话引了起我的注意，比如：‘玛丽这么成功，可是还很怯场。’‘草吉要看看我上单杠用的白粉，66
她不相信那是松香。’有一次我差点晕了，因为她说：‘作为一个音乐家，尼科洛是最好的小提琴家，因为他精神失常了。’她对尼科洛·帕格尼尼总是不称姓，而直呼其名，就像是好朋友。

“接下来的几个星期，什么都没发生。我还是开始做了记录。笔记本藏在写字台最下面，好像也为了不让自己发现。我很害怕，害怕极了。十年以后，我才开始在塞西尔的亲戚中寻找神志也发生了变化的人。不过没找到什么确切的信息，一切都过去很长时间了。他们说。”

我说我想回酒店休息。

“不过，您还会来？”他投来担心的一瞥，一个害怕黑暗的男孩的一瞥。

是的，我说，我会来吃晚饭。

八

我躺在床上。面前的梵特背对阳光。他在笑，在拉他的衬衫领子。我看见他在医院边上举着望远镜。最后一次我如此受感动，是什么时候了？

我想起鳕鱼角和苏珊——就是在乔安妮之前的女友。一次她问："阿德里，有什么事会让你不高兴吗？不管什么事？你动摇过吗？"当时我是急救外科医生，从早到晚双手都在处理伤口，处理破碎的肢体。我说，对这些事要在心理上保持距离，不
67 然，是很难的。"可是，这样你显得很没有心肠。"听到这话的那天早上，我起得很早，就像那天有手术。我在晨曦中沿着海滩跑步。晚上我睡到沙发上，总不能跟一个认为你是怪物的人睡在一起。第二天一早，我们分道扬镳。"嗨！"告别时，我们都举起手。记忆中这个声音又尖又残忍，就像有人让手术刀发出了这样的声音。

我睡了。醒来时，教堂塔楼里的钟刚好响了七下。天已经黑了。莱斯丽给我手机打来电话，我的手表忘在她的洗澡间了。

"我知道。"我说，"我还没觉得缺了它。"

"你挺好的，是不是？"

"不知道，"我说，"我不知道我是不是挺好。"

"你肯定发生了什么，或者将要发生什么。"

“你说说，那时候在寄宿学校到底是个怎么情况？我是说，对你是怎么个情况？”

“我的上帝，我一定得现在说，在电话上说吗？我不知道……有时候我觉得，我又是一个人跟男孩子们在一起，因为……因为……”

“是不是因为咱们家不太像样，你不能在那里学习？你想的是这些吗？”

“我不知道，这些听上去也不对。哦，阿德里，其实我也不知道。在寄宿学校时也不是多么不好。在那儿都得独立自主，只有晚上有时候……唉。”

“你想过学乐器吗？”

“你今天怎么有这么多问题！不知道，我觉得没想过，咱们 68
音乐细胞不是很多，是不是？”

我笑了：“好吧，再见，莱斯丽。咱们电话联系。”

“好吧，下次再聊。再见，爸爸。”

梵特已经等在空荡荡的酒店餐厅里。他面前放着红葡萄酒和一瓶矿泉水，不过他只喝水。

我告诉他我同莱斯丽通了话。

“寄宿学校，”他说，“让籁雅上寄宿学校，这是……不可想象的。”最后，他把红葡萄酒倒进酒杯，喝了，“不过……那个马格里布人……也许她不会落到这里。对这些事我们能知道什么？该死，我们都知道什么呢？”

现在我也要了红酒。他笑了。

“塞西尔的弟弟有阅读障碍，做算术也有困难。对量的概念不能理解，怪吧？可他就是不能理解。这叫失算症。塞西尔很担心，这些弱点会遗传给籁雅，所以籁雅四岁时，塞西尔就教会了她读书和算术。籁雅六岁时就能读阿加莎·克里斯蒂[1]的侦探小说，心算能力也很出众。我很怀疑，这样做是否正确，但女儿学习上能这样轻车熟路，我也很为她骄傲。小学那几年对她来说就像散步，练琴与完成家庭作业从来没有发生冲突。我估计坐在她旁边的卡罗琳，做算术时一定会抄她的，能抄多少抄多少。我也估计，她的父母对此心知肚明，后来他们看到籁雅步履蹒跚、神情恍惚起来的时候，一些风凉话也起源于此。

69 “很快，籁雅受到很多殷勤恭维，在学校里也时常被妒忌的眼睛跟踪。因为她一般一下课就直接去玛丽那儿，其他人见她与小提琴在一起的时间很多，他们会想到籁雅还有第二个生命。她拒绝在体育课上做这样那样的动作，因为担心手会受伤。她同女老师埃里卡·草吉的关系不好，拿她与玛丽作了毁灭性的比较，觉得她远远不如玛丽。这位老师也毫不掩饰地发表对籁雅的看法，认为她古怪，歇斯底里。那个动辄发怒的男老师则恰恰相反，让她在手里想怎么捏就怎么捏。如果她说他，或者他说她，我总能听出相互喜爱却又有微言的弦外之音。不过，在不危险的范围内，他将她当作女神来敬佩，只要事关籁雅，所有公平原则、平等原则他都可以践踏，其情其景实在令人感动。如他所说，她是明星，一个名副其实的明星。

“在小提琴演奏方面她也很快显露出她可以成为一个明

1　阿加莎·克里斯蒂（Agatha Christie，1890—1976），英国侦探推理小说家。译注。

星。开始几年跟玛丽学琴时，籁雅就很出色。日复一日，音色越来越纯正、准确，抖音也没有了最初的颤动，越来越有规则，火候也越适中。在这样短的时间内，各方面就能达到这样的专业水平，在玛丽多年的教学生涯中，是从未经历过的。当我提醒籁雅，她当时对罗耀拉·哥伦怎么知道变换手的位置，怎么知道手部滑动时应在何处止住，费了一番脑筋时，籁雅连泪水都笑出来了。练习双音是所有初学者的噩梦，籁雅当然也感到很难。不过经过勤奋练习，籁雅很快赢得了必要的把握感。越难的东西，越容易令人痴迷；完全类似于我与下象棋的关系。”

梵特去了一趟厕所，回来后，我们点了一些食物。跟我一 *70*
样，他点得很机械，有些心不在焉。就像刚才他一个人在水边的时候，完全陷入了对一段往事的回忆中，这个回忆令他难过。

“籁雅读乐谱时，”他说，“那些乐谱就像她大脑中固有的符号。对她这项显得越来越重要的才干，我却一点不懂，这真让我受不了。我也应该会读啊。我问她，她练琴时，我可不可以站在她背后看她的乐谱。她什么也没说，开始拉琴。拉了几下，停下说：‘爸爸，这……可不行。’无奈的不耐烦流露在话语里，我逼她说出这样的话来，使她很生我的气。下一次，我复印出一个乐谱，问她当她练琴时，我能不能坐在角落的椅子上。她什么也没有说，看着地面。我想，在玛丽那儿练琴时，不是也有其他人在屋里吗。可是：那是玛丽，在玛丽那儿不一样，跟玛丽和跟我是完全不同的。

“我关上门，离开了房间。过了好半天，她才开始练琴。我出了家门，去库姆霍兹音乐商店买了一本初学者乐谱入门。见我一言不发翻着书页，聪明的卡塔琳娜·瓦尔特说：‘这里没有妖术。先把这本书读完，等她练琴时，您可以拿着乐谱，在隔壁房间里看。没有必要让她知道。’真是难以置信。她好像能看懂我，看懂我们，就像看懂一本书。”

71 梵特给自己斟上酒，一饮而尽，好像那是一杯水。“哦，我的天，我为什么没经常同她谈谈！后来她告诫我的时候，我为什么没听！”

他拿出一支圆珠笔，将餐巾纸铺开，画出五条线，然后画上一个音符。“您看，”他说，“这是巴赫E大调组曲的头一个音符。这就是罗耀拉·哥伦在火车站拉的。”他咽了一口唾液，“也是籁雅……生病前，最后拉的。”

他慢慢地将餐巾纸握到一起，捏皱了这个命运符号。我给他斟了些酒，他喝下，停了一会儿，他又平静地讲了下去。

“我照卡塔琳娜·瓦尔特说的做了，在隔壁房间，拿着乐谱，听籁雅练琴。可对我来说，这些音符仍很奇怪陌生，过了好一段时间，我才明白这是为什么。因为我自己不能造出与之相关的音，这些音符对我来说彼此没有关系，对这些符号如果我不能做什么，它们就会对我保持陌生状态。所以，尽管我很努力，对籁雅的这个心智部分，还是不能涉及。

“有一天，籁雅在学校时，我进了她的房间。从琴盒里取出小提琴，把它夹在肩膀和下巴之间，按我平时观察的，把手指放在大致位置，一拉弓，第一个音出来了。当然，它听上去又可怜又可悲，无异于一个刮擦声。不过，吓我一跳的并不是这个，而
72 是我没料到的一种强烈的良心谴责，这是一种无形的痉挛及与

之相伴的麻木无力感。我赶紧将小提琴放回琴盒，并确保一切都与以前一模一样，然后坐回自己房间的扶手椅，直到心跳又趋平稳。窗外天已经擦黑，等它黑下时，我终于明白：其实那并不是什么一般人翻动他人物件时所产生的良心谴责，而是关于某种更紧要、更冒险的感觉：通过将小提琴放在自己身上试拉，我已经越过了一条无形边界，那是籁雅的生活与我的生活的分界线，借此籁雅可以拥有她独立的生活。此时我想到，当我想从籁雅身后看乐谱，她告诉我这样不行时，在她的不耐烦中已经有了这样的感觉。在火车站观看罗耀拉演奏之后，当我如往常一样用手拉她时，这个八岁女孩表现出的抵触，现在我也能作出同样的解释。

“那同玛丽呢？我想，她同她应该没有这条界线。相反，籁雅努力希望能像玛丽那样演奏，其他方面也希望像她那样。难道还有其他的我看不到的界线吗？”

梵特看着我。不清楚的是，他是否希望得到回答，是否想听一个旁观者的看法，也许对于他的思想困境及不安全感，他只想从我眼里看到体谅与接受。我用手触了一下他的胳膊，谁知道这是为什么，谁知道这是不是一个适宜的动作，一个与他的脆弱相适宜的动作。他忘了烟灰缸上还放着一支燃烧着的香 73
烟，又点燃了一支。我看了一眼墙上的一面大镜子，我们两个都在里面。这是两个文盲，我想，是两个对亲近与疏远，对信赖与陌生无知的文盲。

“那天晚上籁雅推门进来时，”梵特继续说道，“站在我面前的她，神情紧张。那样子好像她不仅是个会什么——而我一直不会，且永远不会——的音乐家，她的生活将越来越多地由乐谱与音调占据。‘吃什么呢？有什么吃的？’她问。‘什么都没有，’我说，‘我给你做点什么？’可她的手已经伸进冰箱，抓出一个冷肉肠咬了一口，又找出一个面包，说：‘谢谢，我还得练琴，有个地方玛丽不是很满意。’说完，她进了她的房间，关上了门。

“只有一件事，我可以帮点忙：我给她讲了六孔竖笛成音的物理原理。她对那透亮的音色很着迷，尝试着一次就能发出准确的音来。

“不过，她总有一个、也是唯一的一个技术问题，就是拉颤音的问题。那些音常缺乏丝绸般的飘逸感，特别还缺乏节拍上应有的均匀。如果这种状态持续，会出现干巴巴的蹭音，疲劳也便渐渐出现，会给人以过度劳累及力不从心的印象。这时候籁雅会生气地按摩自己的手指，或者把手泡在温水中，或者在看电视时手里捏上一个球，来加强手部力量。

74 “不过那时女儿是快活的。她爱上了小提琴，爱上了音乐，爱上了她的才华，是的，她爱上了玛丽。

“‘爱上了？’马格里布人握着银笔的手突然停下不动，‘是啊。’我说的时候，也让它显得很粗野，就像我想象中警长审讯时，罪犯拖拉的说话声。我甚至像个不要脸的强盗，翘起了二郎腿，享受着不送警长一个字的那点最后的自由。

“‘你的意思是……’

“‘不不。’我答说，听上去更像是喘着气急急火火说的，而不是吐字清晰的否定。医生前后推着笔芯，声音越来越响，甚至响过电风扇的嗡嗡声。他需要时间控制自己的情绪。

"'两人有什么关系吗?'

"我该怎么跟他解释呢?我该怎么跟随便一个人解释呢?

"我敢肯定,玛丽可以描述自己与籁雅的关系。可我从来没有问过她。其实,我也不一定要知道。我知道,我看见了什么,听到了什么;但我不知道,在此之外,还有没有需要知道的。玛丽是不容批评的,这点我很快就意识到了。所以最好不问玛丽。如果是关于玛丽,你不全神贯注地听,几乎是不允许的。如果我忘了什么事,是有关玛丽的,籁雅的脸上就会现出不可思议的表情,尽管都是皮毛小事。若有什么人竟敢也叫玛丽,那实在令人气愤。玛丽会生病,这几乎不可想象。她去度假,也不 75
可能。我每天都等着籁雅会要蜡染裙子,或者印花棉布坐垫。不过这两位之间还不是那么简单。

"一切都与我想象的不同。冬日傍晚时分,有时我会站在玛丽的房前,看着窗帘上玛丽教籁雅拉琴的影子,我会有种自己被排除在外的感觉,会很羡慕这两位建起的音乐、语言、手势、表情的'小蚕茧'。她们好像把自己缠在了里面,没有摩擦和刺激性语言。而这些却经常出现在我工作的研究所,自从我没有用较多的语言将这点解释清楚:从现在起,籁雅处于第一位,然后还是籁雅,其次才是实验室。

"最开始的时候我犯了一个错误——我按了玛丽的门铃。那是下课前的最后五分钟,我坐在那儿听。我从来没在任何地方这样不安过。玛丽和籁雅好像梦游似的离开了音乐室,没有生气,没有责难,而是很确定地忙着她们之间的事,连头都没有回一下,就好像那只是一个空屋子。这两人之间一定非常默契和谐，我这样想了近两年；有的时候我甚至妒火中烧，搞不清楚，到底哪种情况会让我更难受：是玛丽从我这儿夺走了籁雅呢，还是籁雅在玛丽面前放上了一个大立柜，让我永远不能越过。

“到了籁雅要在库姆霍兹音乐商店挑选四分之三小提琴的日子。玛丽也去了，这令卡塔琳娜·瓦尔特不很高兴。‘是啊，是啊，玛丽·巴斯德。对，对，玛丽·巴斯德。’下次又在商店见
76 到时，她说。除此之外，我再套不出一个字来。我不喜欢这样的话，它们显得有些无所不知，罗马教皇似的，从那天起我便不再肯定，我是否还喜欢她那严谨的发型——脖颈后面露着骨头。现在，她很注意言语得当，可以说过于得当，不论是眼神，还是言谈。不再参与，不再出谋划策，什么都没有了。

“籁雅依次试了三把琴。同我们第一次到这儿的情况相比，她显得又成熟又专业！第一把试过后，开始表决。它很快被否决了，籁雅同玛丽交换了一下眼神，其实没有必要，大家都能听出来。第二把听上去不错，但还是不能同第三把相比，玛丽说，这种大小的乐器能有这样的音质实在令人惊讶。籁雅不可能没有听到这句话，事实上，当她听到比她以前所有小提琴发出的更好的音质时，她脸上开始放光。可她还是拿起第二把拉了几分钟。玛丽倚在柜台边，双臂交叉在胸前。后来当我将这段情景又在脑子里过了一遍时，我可以断定，她当时已经知道，将会发生什么。‘我要这把。’籁雅说。

“卡塔琳娜·瓦尔特嘴唇张了张，好像要表示抗议，但她什么也没说。接下来出现了这一幕：籁雅先是看着地面，几秒钟

后，她手里握着提琴，抬起头朝玛丽投去挑战性的一瞥。我对这一瞥既了解，又不了解。它可以是倔强固执的那种，对此我和塞西尔已经有过不少体验。可现在这里站着的，是不容批评的玛丽啊。这对玛丽·巴斯德是个伤害。她感到了伤害，机械 77
地转着手镯，还咽下了好几次唾液。

“第二天，籁雅一个人去库姆霍兹音乐商店，用这第二把换来那个第三把小提琴。她没说什么，卡塔琳娜·瓦尔特说。她是不是后悔了？没有，籁雅一点没有后悔的样子，她说，倒显得有些迷惑。她有些犹豫不决，‘是对她自己的。’她补充道。

“几天以后，她出了湿疹，接下来是我们自塞西尔去世以来最困难的三个星期。开始时，籁雅只感到指尖发热。每隔几分钟，她就得到浴室冲冲冷水。晚上我很难入睡，因为我总要听到流水声。早晨，她坐到我床边，睁着大眼睛，让我看她的手指，有的地方有些变色，有些地方有些变硬。她留在家里，没去上学，我也告假不去开会。然后我给以前的大学同学——现在成了医生的，打了很长时间的电话，最后终于找到一位皮肤科医生，预约了赴诊时间。这块在很短时间里渐渐出现病态、又开始瘙痒的皮肤，这位医生看了看，摸了摸。是湿疹，然后他说，过敏引起的。她拉小提琴？那很可能是松香的缘故。这个诊断差不多令我四肢发抖，就像听到了癌症诊断。籁雅很喜欢那黑褐色的树脂，用它抹上琴弓，对着光，弓子会发出金光。开始的时候，她甚至还偷偷舔过它。一切就这么结束了吗？因为小提琴手对松香过敏？这不可能吧？

“我发疯地——对这个发疯我实在不愿意回想——找到关

78 于过敏的文献资料来读，发现人们对它的了解是那么少。接着，药膏在浴室里堆成了小山。我每天都给医生打电话，引起那里女职员的笑话，我能听到她们不小心的嬉笑。我一天能去三次药店，连药店女职员也惊异地扬起眉头。只要她提起压力疗法、心理疗法和顺势疗法，我就换药店。我相信的是细胞学、机体机制、化学，不相信那些感情细腻、通过先知先觉式的表达讲的童话故事。

“我很仔细地追问籁雅，在过去的日子里，她都接触了什么，尤其是陌生的东西。或者鼻子接触到了什么，闻到了什么。以我研究者的不屈不饶，甚至把她的眼泪都逼出来了。

“忽然，她说：教室里的板凳闻上去跟以前的不同了。于是，我们找到学校，同后勤人员交谈，果然他们换了一个新清洁剂。我带上样品去找医生，做了一个过敏测试。结果引起过敏的正是它，而不是松香。我把这次经历记录下来，贴在冰箱上。它一直贴在那儿，都发黄了。

“我想庆祝一下这个结果，去吃点什么好吃的。可是籁雅无精打采，蜷着身子坐在餐盘前，用没有感觉的粗糙的指尖在桌布上蹭摩。直到现在我还觉得，我能听到那个轻轻的令人难受的声音。

“整整有一个星期，她感觉自己像戴着砂纸手套。一天里她会好几次拿起小提琴，但又不能练习。后来结的痂掉了，下
79 面长出了新皮肤，能看到下面的脉动，但还受不了触摸。当患病皮肤犹如破裂的顶针纷纷落下，籁雅高兴地在公寓里跑起来，不停地吹着安抚着敏感的手指，每隔一小时就要试试，是不

是马上可以触摸琴弦了。有那么好几天，我们过的日子，在今天看来，就像在监狱。这个监狱的围墙由无形永恒的担忧构成，一切好像都可以随时再次发生。

“出现的另外一个牢狱是：不能在玛丽那儿上课了。籁雅一边哭一边哽咽生气地说，现在有另外一个人——另外一个人！——在她的时间里——她的时间里！——在玛丽的音乐室上课。当一切有个说法后，我把她送到玛丽那儿，我感到她双手上的汗湿，指尖上露出不自然的红色，脖颈上又显出兴奋的红斑。

“籁雅的手曾经出过什么意外吗，那个北非人问。不能否认，这个问题引起了我的注意，没有，我说。他沉默了一会儿，此时，那个电扇的声音显得更加逼人。没有，我又说了一遍，是违心说的。那个旋转木马和金环的事情，我没有透露。

“因为籁雅的湿疹——因为湿疹！——我没能去开会，去展示我们最新的研究成果，同事们对我很有意见。尤其因为我陈述了不能去的原因，却没让露丝·阿达代替我去。‘你是不是又把这事忘了？’她问，那口气中的强硬在示意我，我越来越令 80
人失望了。

“大学头头也表现出失望。但当时还看不出有什么真正的危险。只要我没有偷金盗银，谁也不能把我怎么样。那时我不知道的是，后来会出现一些阴差阳错的事情，促使我去偷，结果铸成大错。”

九

“籁雅第一次上台演出，是在四年小学毕业的那天。小学校长是一个阴郁易怒的可怕男人，他让人把她请到办公室，秘书送来了茶和饼干后，他问她愿不愿意在那天上台表演。她一定受到不少夸赞恭维，以致马上给出了肯定的回答。她兴奋极了，直接走进我的办公室——当时我正在谈事。我随即同她走到过道，来回走了几次，直到她心绪平定下来。随后，我送她去玛丽那儿。回到家时，她已经知道了她该演奏什么曲子。

“在那之前我几乎不知道什么是怯场。最初几次做讲座前，我的兴奋往往多于激动。当我第一次站在授课大教室前时——做大学生时，坐在另一面的感觉我已经有过多年体验——我对教室空间上的安排，非但不感到可怕，更感到可笑。只是现在，事情同我无关了，我倒感到怯场了。

81 “我对怯场又恨又怕，事情过后，我又会喜欢，并且想它。它使我和籁雅抱成团，又将我们隔开。她湿漉漉的双手也会是我的，她的恍惚和紧张激动也会让我感到。有的时候，我们的神经就像一根似的振动。其他的情况是不可能出现的，因为如果籁雅感到我不跟她一起激动，她会有失落感。不过她坚持认为，有理由担心的是她，不是我。她没有用语言表达她的坚持，实际上关于这个无处不在的激动，我们几乎没有交谈。一旦她发现我站到阳台窗户旁边,抽上我少有的烟卷,她会马上走出房间。毕竟她还是个小女孩,我对自己说,你还能指望什么。

“在这样的时刻,我会感到孤寂,那是塞西尔给我留下的。我觉得这种孤寂如同体内的寒霜。

“音乐会前的那个黄昏时分,当籁雅从浴室出来时,我惊得瞠目结舌。向我走来的已不是一个十一岁的女孩,她完全是个年轻姑娘了——是一个就等着聚光灯投到她身上的年轻女士了。那条朴素的黑裙是我们一起挑选的。可是,她从哪儿学会的扑粉、做发型呢?她的唇膏从哪儿来的?她很享受我的发愣。我给她拍了一张照片,这照片一直在我钱包里,从来没有换过。

“在那个闷热的雷雨交加的盛夏的晚上,时间为什么不能
停一下?籁雅就这样生生地让许多惊叹的眼睛和鼓掌的双手,
从我这里拉走了,从我眼皮下直接夺走了,我无能为力,什么都 82
不能做。在这之前,时间为什么没能停上一个小时呢?

“对那天晚上我没有有条理的回忆,它已被强烈的感情撕成了零落的碎片。去学校时我们叫了出租车,因为当晚我们绝不能在路上出什么意外。驶过火车站时,我想,还不到三年的时间,现在她就给出了她的第一场演奏会了。籁雅这时是否也想到这儿了,我不知道,不过她把手放到了我手里。那是湿润的,感觉上一点不像一只很快会用准确无误的动作演奏巴赫和莫扎特的手。当感觉到她的头落到我肩膀上的时候,有那么一刻,我甚至想,她想回家了。这是一个带着放松感的时刻,在接下来的那个不成眠的夜里,它会时时闪现,与之相伴随的还有无能为力感与徒劳感。

“接下来我看到，玛丽·巴斯德用她的拇指在籁雅额头上画上了十字。而当我看到籁雅自己画十字时，我简直不知所措，不敢相信自己的眼睛。据我所知，女儿从来没有受过洗礼，手上也从来没有拿过一本《圣经》。而现在，她自己划起十字，而且做得又自然又优雅，仿佛她有生以来就这样。花了很长时间，我才明白，事情并不是看上去的样子——玛丽想让籁雅成为一个天主教徒。那只是一种惯例，一种表达心心相印的惯例，是对彼此之间相互信赖的确认，只是它看上去似乎比实际情况
83 更盛大。当我终于搞明白的时候，仍然感到一种疏远与轻微的背叛。那天晚上，这个景象不断在我脑海里闪现，直到它一而再地被舞台上新出现的画面覆盖。

“籁雅走上几个台阶，为防止绊倒，轻轻拉着礼服下摆。她走到舞台中央，站到离钢琴不远的地方，然后，面对鼓掌的观众鞠了几次躬。这是我从来没有见过的，我的眼睛紧盯着她优雅的身姿，这是玛丽教给她的，还是她自身固有的？

“玛丽给她留出一些时间，此时站在聚光灯下的应该就是籁雅，是她一个人。接着玛丽一声不响地登上舞台，不起眼地坐到钢琴前面。她身穿高领暗蓝色蜡染长裙，因为我们第一次见面时，她穿的也是蜡染裙，一时间，我竟觉得，这两位将玛丽公寓里的音乐室也带到了这里。这是一个不错的感觉，这意味着，在台上籁雅仍然受着玛丽的护卫，就像在她公寓里练琴一样。不过这感觉很短暂，很快便被另一个忧虑取而代之：尽管有玛丽在身边，籁雅仍然手持小提琴、怀揣她的技能独自站在那里——她毕竟还是一个十一岁的女孩，尽管她的外观、她的举

手投足已有成熟女士风范，如果此时出现慌乱，是没有人能够帮她的。

“我曾经在有许多权威人士在场的会议上讲过话，坐在国际象棋比赛的台子上时，我也得自己照料自己，把握自己的心态。不过，这一切都不能与籁雅此时的孤独及使命相比较。特 84
别是在她开始演奏的几秒钟之前。玛丽按了标准音，籁雅随即在提琴上定音，停了片刻后，她调整弓子的松紧度，又停顿片刻后，她的手在裙上蹭了一下，望了一眼玛丽，拉开琴弓，终于，她拉起了巴赫的小提琴曲。

“就在这一刻，我问自己，她的记忆力能不能抵抗紧张。不过没有丝毫迹象可以作出反面结论。记忆从来就不是一个问题，我一直视之为人世中最自然的事物，籁雅可以背着曲谱演奏一些曲子，在我看来，就像我能把所有象棋棋局背下来，不看棋盘也能下棋一样自然而然。可我为什么还会突然起疑心？

“对音乐我现在记不起什么了，记忆是无声的，现在的记忆中全是我充满担忧的惊叹，我惊叹籁雅充满力量的手臂运动，惊叹她准确无误的手指动作，那完全是玛丽手指的复制，第一天晚上在玛丽那儿，她的手指就是这样动的。这一切我已经见过千百次了，可现在，当这么多陌生目光落到上面时，它们还是变了模样，比平时显得更加神秘，更令人惊叹了。那是籁雅啊，在那儿拉琴的是我女儿啊！

“紧接着，是热烈的掌声。拍手时间最长的是马库斯同学，他脸上放着光，身上穿戴得好像他得上台表演似的。他总想陪籁雅去学校，籁雅有时候很感激，有时又很烦。很快她会把他晾在一边的，对此，我为他感到很遗憾。

85 “籁雅向观众鞠躬的时候，玛丽仍然坐在钢琴前。之后，我躺在床上时，还想着我难以理解的这一幕：她鞠了一躬，就好像这掌声正适合她，好像这世界就该为她欢呼。这使我不快，更确切地说，令我糊涂，其程度甚于我自己想承认的。这并不是像我最初以为的，那里有虚荣和自大。不是的，完全是相反的情况：在她的动作、目光与神态里，传达着某种信息——对这个信息她本来一无所知，从某种意义上说，还将永远不知，这就是：其一，对她的技能，对她以无限热忱投入的事业，人们不可不做出表示；其二，他人对她的演奏不可不给予关注；其三，如果听众对她的表演没有表示喜爱及赞赏，灾难会马上降临。现在回想起来，我觉得：当时我在舞台上看到的，作为某种不祥感到的，是一个先兆，是她迈出登台演出的第一步后，在她身上出现的所有戏剧性发展的先兆。

“她演奏的第二个曲目是莫扎特的一个回旋曲。在此，籁雅多拉了一个装饰音，这样，那个最常出现的旋律片段，便隐隐出现在它不该出现的地方。这是一个很自然的错误，如果没有钢琴伴奏，几乎不会有人发现。钢琴的演奏本来是用来取代莫扎特安排的乐团演奏的。可这时，玛丽与籁雅的演奏出现了不和谐，节奏出现混乱。玛丽的手离开了钢琴，向籁雅这边看过去，她的眼睛又黑又大，目光表达的是惊诧，或者是指责？指责演奏没有达到她一个小时又一个小时、一个星期又一个星期教给她的那种完美？

86 “我不喜欢那双眼睛。到现在为止，我的目光是经常落在玛丽身上的。我喜欢她的坐姿：她身着一袭深色神秘的长裙，键盘上的手修长有力，脸上的表情是对合奏的全神贯注。我又想——像曾经多少次设想过的——如果跟她在一起，在这个世界上，只跟她在一起，没有籁雅，会怎样。之所以这样想，只为了带着令我心如刀绞的背叛感，回到这样的现实：我小小的大女儿首次登台演奏了，尽管只在小学校的礼堂里。

“这时玛丽的眼睛从我这里扫过，我读到那里面有个毫无意义的责备，那是对一个十一岁女孩在演奏时出现错误的责备。难道那不是责备吗？或者是玛丽一时有些困惑，在她黑眼睛后面寻找着再次加入籁雅演奏的机会？籁雅朝玛丽投去一个害怕和困惑的一瞥后，继续拉着那多余的装饰音，对，她继续拉了下去，一个人继续演奏了下去，只是因为，如果停下的话，会更糟。那天晚上，我想：我永远、永远不要再看我女儿这样继续演奏。这个念头一而再地在脑海里出现了一整夜。后来这个念头也时时出现，直到最后。即使在今天，这个过去时光里的诡异无用的念头，有时还会来袭扰我。

“忽然，玛丽似乎明白发生了什么，她弹出几个犹疑的、不很协调的音后，很快弹出了同音，直到曲目最后。剩下的部分籁雅拉得很完美，没有出错，只是音响有些疲软，好像刚才没有玛丽伴奏，她独自演奏时，用尽了自己所有的力量似的。也许 87
这只是想象，谁知道。

“掌声比演奏第一个曲目后还要热烈，有的甚至以跺脚、吹口哨表示赞许。我边听边想：这掌声是不是有些勉强的、尽义务性的？掌声这样强劲、持久，难道是为了安慰她，向她表示：

没关系的，你仍是很不错的？或者这些小男孩小女孩们真的全然相信自己的判断，即籁雅的失误对他们来说没有一点关系？

“籁雅向大家鞠躬致谢，有些犹疑僵硬，不像第一首曲目后那样自然。然后她找着我的眼睛。十一岁女儿被首次上台的不够完美搅得心神不定，应该怎样迎上她那不确信、请求原谅的目光呢？我将一切都加到了自己的目光里，那是我心里对她的希望，对她的极大信赖与骄傲。眼睛开始灼热，我搜寻着她的脸：她清楚发生了什么吗？这个坎她过得去吗？那闪动的眼睑是否在说她内心的失望与对自己的不满？这时玛丽走过来，站在籁雅旁边，搂着她的肩膀。这下我又喜欢她了。

“籁雅是背下乐谱演奏的，不过乐谱她还是带在了身上。回家的时候，她一反常态将乐谱放到了厨房桌子上。回家的路上，她一直没有说话。我想起，当分手时玛丽抚摸她头发的时候，她怎样僵硬地站在那里。因而我避免着，不去触摸她。女儿的这种状态，我头一次经历，我知道它非常可怕：好似她只要受到轻轻的触摸，甚至只是听到一句话，就能即刻爆炸。”

88 梵特停了一下，眼睛向下望去，眼神空洞，好像要将一切看穿。

“最后，她真的炸了，炸成了碎块。”

他喝下了几大口，一道红酒从他嘴角流下，滴到衣领上。“我研究了莫扎特回旋曲——她放在厨房桌子上的，那个乐谱我研究了整整一夜。克歇尔目录373号[1]——这个名称,这个数字我永远不会忘记,就像烙在脑海上一样。我还发现了两个很可能与多余的装饰音错误有关的地方。可是我不敢问。我把乐谱放到走道里的五抽柜上,籁雅回家时,有时会把乐谱放到那儿,过后又把它拿到音乐室。可她没有动它,好像它根本不存在。后来,我搬进小公寓的时候,这是我扔掉了的唯一一个乐谱。

这次经历对籁雅的自信造成了一道很细微的裂痕。过了好几个星期,我们才可以谈谈这件事。她告诉我:当时她下了很大努力,才抑制住把小提琴掷向观众的冲动。这让我吃惊不小,其程度远超过对那个小错。女儿现在出现的情况难道不很危险吗?这个由玛丽在她心里种下的抱负,难道不像再不可熄灭的大火吗?"

89

十

"我们坐上去罗马的夜车。以前每次站在卧铺车厢的火车前,籁雅都是一脸惊异。车上有床,你可以在那儿睡下,醒来时就到了其他什么地方——这在她看来简直像魔术。让她亲身体

1 克歇尔目录373号(Köchel-Verzeichnis),克歇尔目录是奥地利音乐学家为莫扎特音乐作品编制的编号系统。译注。

验这个魔术，来克服她在回旋曲出错以后出现的情绪低落，这是我唯一能想出的办法。开始时，她躺在卧铺上，好像一个重病号，窗帘拉得紧紧的。玛丽打电话来，她也不想同她说话。小提琴盒子像遭放逐似的被放到柜子后面。

“对出错后会产生的后果，我预料到了一些，但没想到这么严重。她不是得到了那么多掌声吗？连卡罗琳的父母也使劲地鼓了半天掌。校长站到台上，还送出一个怪诞的不成功的飞吻。只是籁雅脸上的神情更加凝滞了，似乎戴上了一个无动于衷的面具。不眠之夜里，我会久久望着黑夜，试图驱逐那张毫无生气的怨愤的脸。在过去的十一年中，我了解这张脸，它对我从来没有陌生过，陌生的感觉连一秒钟都没有过。我从不认为，现在这种状况会有可能发生。然而它偏偏发生了，一时间，我感到脚下的地面在倾斜。

“当我们坐进餐车用早餐时，这张脸又恢复了寻常模样。我们在意大利盛夏中浸泡得越深，越是被那些古老建筑、广场
90 和水波所陶醉，籁雅脸上疲惫的痕迹——那是不停歇的紧张练琴留下的——便消失得越干净。我感到，籁雅已显得很有些成年人的味道，她的容貌会招致赞赏的口哨。我们一次都没谈音乐和那个回旋曲。

“开始时，我偶尔说了一两句有关玛丽的话，不过都没有应答，好像我没说。从一个插有明信片的架子边走过时，我希望籁雅会买一张给玛丽。结果什么也没发生。她出现了健忘，可都是些不重要的小事。比如，忘了我们宾馆的名字，忘了我们坐的公交车的号码，忘了饮料名称什么的。我当时什么也没

想，没想那些现在值得回忆的事情。天气非常炎热，露丝·阿达和伯尔尼也都离得很远。

“这时从教堂传来音乐声，这座教堂就置于一个小小的田园风景之中。教堂的门敞着，门外台阶上有人坐着在听音乐。籁雅比我先听出了这首曲子：是巴赫的，认识玛丽的第一个晚上，她演奏的就是这个。接着，她身上不是动了一下，而是起跑似的、闪电般地把我撂下，消失在了教堂里。

“我在外面找了个地方坐下，思绪又回到过去，回到我开车驶过上面写着玛丽·巴斯德名字的黄铜牌子的那一刻。我想，当时要是没见到那个牌子就好了。这是很容易发生的，让一辆车转移了注意力，或者一个闪烁着的霓光招牌，一个招人眼目的路人……都会让那个牌子不进入我的视野。那样的话，籁雅现在就不会把我一人扔在这儿了。

“从教堂出来时，她的脸在抽动；一坐在我身边，便爆发了 91
出来。那是害怕，害怕让玛丽失望，害怕会失去了她对她的喜爱，害怕下一次的登台演出。我保证玛丽不会这样，她的泪水才渐渐消退。她买了一打明信片，我们得找地方买邮票，当天晚上她就把三张给玛丽的明信片扔进了信箱。她给玛丽打电话，告诉她给她寄了明信片，可是家里没人。我订了第二天的回程飞机，到苏黎世后，籁雅马上给玛丽打电话。回到家，她从柜子后面取出小提琴盒，马上就去上课了。这是三个星期里的第一次上课，回家后还练到了半夜。她的精神又回来了。”

我们站在酒店走道升降电梯前。“晚安。”我说，梵特点了点头。电梯门开了，梵特站在两门间。他搜索着要说的话，我等着。

“那时我坐在学校礼堂听到的籁雅的演奏，后来成了我生活中最重要的内容。这第一次登台演出，我估计，以后的很多事情都同它有关。我的想象力在这段时间也活跃了起来，我要寻找一个没有籁雅的世界，只同玛丽在一起的世界。您知道这种情况吗：在某个关键时刻，想象力会走上歧路，走上一条不可控制自己的路，这时展示出的，会是一个全然不同于寻常情况下在他人眼里的人吗？尤其是，在脑子里一切都可以发生，这一个为什么不可以呢：通过乱七八糟的想象来做一次背叛？”

92

十一

毛姆的书再也无法吸引住我的注意力。我把书放下，打开窗户，倾听深夜里的黑暗。对梵特的问题我不知道该说什么。他问话的时候，头斜向一侧，看着我，眼睛半睁半闭，既有诙嘲、伤感的意味，又有同谋者的感觉。他进电梯后，电梯门随之关上。刚才说的是不是太出乎意料了？或者是这种亲近感让我诧异，令我无语？因为尽管我成了他的听众，但离真正的亲密关系还远了点。

我想起莉莉安。就是这位莉莉安，做手术时她负责给我擦去额头上的汗水，她总知道我的手下一步该做什么动作，总知道接下来我需要什么工具。就是这位莉莉安，她什么都想到前面，因而我们无须说话，便可以在无声响中步调一致地工作。我们这样一起工作了两三个月。口罩上总能看到她露出的明亮的蓝眼睛，她的两只大手灵活稳健，说话带爱尔兰口音。走道上她会点头致意，她的木屐声清脆，令我完全没必要朝护士室张望，她丰满的唇间插着香烟，投来具诙嘲意味的注视回应，时间长于必需。她只来过一次主任办公室，那爱尔兰口音令人屡屡惊异，就像我在爱尔兰都柏林听到的一样。她离去时，在门口稍作停留，留下一个无意识无法察觉的髋部运动，然后轻轻关上房门，好像在作出一个希望，一个承诺。

接着是莱斯丽出生那天晚上的急诊手术。 93

先是乔安妮的一张疲惫的脸，让汗水粘到一起的头发，随后是莱斯丽的第一声啼哭。过后在家中，我站在敞开的窗户前，面对波士顿飘着雪花的空气，心中有种不安全感。现在事情已经不可逆转，打瞌睡取代了睡眠。紧接着急救室来电话。

这样，与口罩上方有双蓝眼睛的莉莉安一起度过了五个小时。真不知道那是不是巧合：我走出大门时，她正站在那里，对此我从来没问过。现在只要我在黎明的朦胧中漫步，就会不自禁地想到，那天我们怎样一起去了她公寓，令我惊讶的是，她住的地方离这儿只隔着两条街。我们默默走着，时而交换一下目光，我希望她能挨着我走，可她偏像个孩子，在人行道边蹦上蹦下，脸上露出带有歉意和具挑战性的笑容，路灯下，有一颗牙显得比其他的要亮些。坐在她家门前的台阶上，她靠近了我，把头靠到我肩膀上。这可以是疲倦的表示，可以是对成功的手术结果满意的表示，也可以是其他更多的。我们呼出的白色气息，汇融了。“我做的奶昔很不错，”她轻轻地说，“其实，我做的奶昔是这座城市里最好的。尤其是我的草莓奶昔，有口皆碑。”我们一起笑了，一起摇起脑袋。在楼梯上，我停住脚步，闭上眼睛，手在口袋里握成拳头。她的声音从上面传来：“我的奶昔，真的很好。”

她那样子有些像流浪猫：坐在沙发上，腿圈在下面，光亮的
94 头发披散开来，把杵着吸管的大杯子举在嘴唇前。她身上有种又自在又不安宁的气息，完全不像乔安妮的目的性强烈、做事干练——这是她后来成为成功女企业家的要素。她那少有的精力集中的蓝眼睛里都是些什么？是不是倾心投入？是的，这是合适的词。倾心投入。工作时那些精力集中的动作正来自这种倾心投入，还有对我下一个动作的预料，当我们的目光在口罩上交换时，我也看到了这种倾心投入。

> 我不会是醒着的，因为一切在我都不似从前，或者我是第一次醒来，之前所有的一切都为温和的睡眠。

她能背出许多沃尔特·惠特曼的诗句。当她闭眼背诵时，我往往忘记了时间和地点，只能感受那忧郁气息，是的，还有那种倾心投入。我向往这种倾心投入，只是窗帘后的天空在渐渐亮起来，离这里不远的国道上，传来越来越多的大货车驶过的声响。就在这种向往之中，我忽然感到了明亮的惊慌。我看到乔安妮粘在一起的头发。感谢上帝，都过去了，我听到了莱斯丽的哭声。

莉莉安的倾心投入，正为我所担心，就像一个人对自己的担心。我能感到，与我迄今同苏珊、乔安妮和其他一些泛泛之交所经历的相比，跟她会完全是另外的样子。我可以在她那里沉下……消失……远离乔安妮和莱斯丽，并且远离我自己。对，就是远离那个到目前为止我认识的我自己。

我从未这么真切地感受到的是：意愿的力量。当我睁开眼睛，看着莉莉安说，我得走了，是这样……我得……她的目光迷蒙起来，嘴唇抽动着，就像有人知道结局很肯定，她定输无疑， 95
但仍然很痛。

我们站在走道，额头靠着额头，双手交叉在对方的颈后，闭上眼睛。我感到，我们都在望着对方前额后面的思绪隧道，那里有幻想期待，那是一条长长的关于我们可能的不可能的未来隧道，我们望入这条自己构想的隧道，它是他人的，同时又是我们自己的，这两条隧道插向对方，合二为一，我们沿着这个隧道走去，走到后面，直到它在命运中消失。我们以同样的节律呼吸着，唇在诱惑，我们体验、前行、燃烧在不可能的共同生活中，因为这对我是不可能的。

那之后的一个星期，莉莉安还会在手术时帮我擦去额头的汗水。接下来的那个周一的早晨，秘书递给我一个信封，她有些欲言又止，因为她知道那是莉莉安的。里面是一张小纸，其实只是一个字条，纸是淡黄色的，上面写着："阿德里，我试了，试得很艰难，可是我做不到，就是做不到。爱。莉莉安。"

我没有她的照片，三十年的岁月已淡漠了她的容颜。不过还是留下了两幅清晰的记忆画面，画面上细节较少，神采为重：

一幅是她站在护士室的桌子旁,吸着烟;另一幅,她盘腿坐在沙发上,两唇之间咬着吸管。我还有一张她家门前那几个台阶的照片,那个黎明时分,我们就坐在那儿。那是我们离开波士顿
96 前,我专程去拍的。那天刚下了一夜雪,栏杆上,台阶上都是雪,像童话似的。莱斯丽生日那天我总会想起这段经历。会想到,那天,我差点背叛她。

一年后莉莉安给我打来电话。她打到了医院。她离开波士顿后,去了巴黎,去了无疆界医生组织。先后在非洲、印度工作。它带给了我一个刺痛,这些我本来是可以想到的。和她通话以后,我以上夜班为借口,留在了医院。这一切很适合她,适合得恰到好处,我羡慕她不安定生活中的一致性,羡慕这种我可以想象的一致性。“酒台旁一张张面庞/还保持着平日模样/灯光永不熄灭/音乐声声不绝……”那天在沙发上,她还背诵了奥登[1]的这些诗行。这些诗句有着某种气氛性内容,听起来很有些私人氛围,就像为爱德华·霍珀[2]画作放送的伴奏音乐。后来我了解到,这是一首出色的政治诗,涉及的是德国对波兰的入侵。这点也很适合:她的蓝眼睛里,除了倾心投入,还有恼怒,那是对怯懦及世上恶行的恼怒。就这样,她将她灵巧、平稳的双手及敏捷的思维,用在了对受害人的服务上。后来她还来过一些电话,间隔时间没有规律,都是些挺奇异的对话,是跳跃

---

1 奥登(W. H. Auden,1907—1973),20世纪上半叶最有影响的英美诗人之一。编注。

2 爱德华·霍珀(Edward Hopper,1882—1967),美国画家,以描写美国当代寂寥生活风景著名。译注。

式的、有趣的、内容丰富的，她谈到饥饿及其他苦难，还描述了她的心情，就好像我们当初在她家走道里，不只是碰了前额，还有唇的接触。我告诉她我将在瑞士工作的医院名称，到瑞士后 97
也接到了她的电话。她给我讲了无疆界医生组织，过后我有种感觉——我生活在一个错误大洲。到瑞士的克洛滕后，我想：现在我离她近多了。可这是无稽之谈，因为她在哪儿的可能都有；但我仍要这样想。这个念头令我害怕，对身边的莱斯丽我偷偷地瞧了一眼。一些年后，她不再打电话来了。一天我给巴黎的无疆界医生组织打电话，问她的情况。他们告诉我，她执行一次任务时，发生意外，不幸去世了。我这才意识到，这些年来我都同她生活在一起。我们相互没有听到对方消息的那几个月里，即便我在此期间没有想到她，也说明不了什么。我们共同的生活还在继续，不声不响地、不间断地、秘密地。

进电梯前，梵特的问题令我方寸大乱，因为它让我清楚起来，我仍同莉莉安秘密生活着，虽然我不必再向任何人隐瞒的时间已经很长了。一个工作期间的死亡事故，那个法国人当时在电话里这样说。可我心里，一定有什么拒绝接受这个事实，因而，我同她继续了下去，就像她还过她的生活，她游荡着的生活；我过着我的，我们的生活。

我回想起与乔安妮的告别时刻，在机场的最后话别。“我只还想对你说一句话，阿德里，你是一个忠诚的人，真正忠诚的人。”不知道为什么，我觉得这话听起来倒像在说一个她必须承受的性格缺陷。好像在说一个人没有想象力，全无情趣。我原计划到观景台上目送这位与我结婚十一年的女人飞回故乡，然 98

而这句话坏了我的心绪,我放弃了。回到家,我又找出那张照片——莉莉安家的房子和覆盖着白雪的台阶。

我穿着衣服睡去了。冻醒之前,看到穿着木屐的莉莉安啪哒啪哒走在医院的走道里。她现在穿着蜡染衣服,浸泡在印花棉布中。

我洗了淋浴,换上衣服,在晨曦中走进圣雷米小城。不一会儿,我已站到梵特住的酒店前。我拍了几张照片,回去又睡了一会儿,直到该去接他的时候。

十二

我们出发了。普罗旺斯的景致全浸没在白垩色的冬日光照中,看不到一块阴影。每一片风景截下来都像一幅巨大的掺了白色的水彩画。我好像看到腾着热气、没有尽头的公路,那是我与乔安妮和莱斯丽驾车穿过的美国西部公路。“变幻着的天空”(changing skies),这是我马上就喜欢上的说法,它正是辽阔疆域的写照,描绘的是一个典型的美国体验。那里强劲的光线充溢着高敞的天空,可它只是当下的,转瞬即逝的,既不会让人想到过去,也不会让人想到未来;这样的光照令人目眩,不会再知道你从何处来,又向何处去,会令所有关于意义与关联的问
99 题,窒息在强烈的光照力量中。而今天早晨这矜持的阳光是怎样的不同!这光照温和、宽厚,令眼睛感到舒适,可它也是毫不

留情的，好像它对所有事物都施了魔法，让每一个细节，甚至每一个丑陋之处，都暴露无遗，让它们以其真实面目出现。这光像是被专门造出，用于静静地、不受贿赂地、无所畏惧地了解所有事物，以认清它们是自身的，还是受到外部影响的。

昨天，咖啡馆里，服务员敞着背心，让它拖拖拉拉地挂在身上，让人可以看到他衬衫上的烟灰。他还咳嗽。不，我不会跟他换角色的。

在阿维尼翁我把轿车还给了租赁公司，梵特把他的车钥匙给了我。今天不似昨天在卡马格或在马场栏杆那儿的情况。在那里，他说了，他的状况不适宜开车，这让人想到他可能感到恶心。现在他不需要任何借口，不需要做任何说明了，他干脆把钥匙递给了我。我确信，他知道、我知道这是为什么。我们的思想又进行了交流，就像昨天，纽芬兰犬舔他手的时候，我们都知道，彼此都想到了籁雅的手，那双手什么都怕，唯独不怕动物。

到停车场时，一对年轻夫妇在我们的轿车旁边正在吵架。男的说德语，女的说法语，坚持用不同的语言交谈，就像在交战。“籁雅跟我总说德语，跟塞西尔多数情况下说法语。”车启动时，梵特说，“特别是，当她向她控告我的时候。这样就成了，我喜欢塞西尔的法语，但很烦籁雅的法语。”

籁雅发烧似的勤奋练琴，不断取得进步。在克服技术难点 *100*
上，她频频取得成功；在颤音的处理上，也有改进。现在父女俩住着的公寓，通过音乐声波的震响，越来越成了一个新公寓，在这儿，对离去的塞西尔谈到的越来越少。对此，父亲的不适感要强于籁雅。可有的时候，籁雅又好像突发奇想，想了解母亲的一切。梵特感到,她在母亲与玛丽之间作比较。

“我发现,我说的其实都很离谱,都不对。该死的!这样的谈话后,我总会躺在床上,回想起我们第一次在电影院里的相遇。当时,我刚得到博士学位不久。电影是《一个男人和一个女人》,让-路易·坦帝尼昂[1]主演。电影中他为见一个女人,坐进私人轿车沿着蓝色海岸向巴黎狂奔,开了一整夜。我旁边飘来塞西尔的香水味,那味道像从银幕上那个女人那儿飘来的。第二天,我找遍全城,终于找到了这个迪奥牌香水。中场休息时,我俩坐着不动,抱怨现在这种没有道理的毛病:中断电影,卖冰淇淋。在路上,我们相互对望的时间长了些,长于一般的、碰巧遇上熟人的时间。我觉得,这就是决定了一切的关键的一刻,包括决定了籁雅的一切,决定了她的幸福与灾难的一刻。皇家电影院在劳彭路上,那是一个温暖的夏日夜晚,我们的眼睛湿润了。我的上帝。

“接下来见面时,我说起了坦帝尼昂驾夜车奔向巴黎时的面部表情,说他一路马不停蹄,几乎用尽了全部力气,这时她说:‘马亭,你可真是个浪漫的嘲弄者!没想到,还真有这种
101 人!’她叫我名字时说法语,从来还没有人这样叫过我,我喜欢这样。嘲弄者?我不知道她为什么这么说,或者一直这么认为。我从来没问过她,很多重要的事情我都没问过她。籁雅带着她的问题来问我,我才注意到这点。”

玛丽比其他所有人都重要。甚至比父亲重要。只是与玛丽

1 让-路易·坦帝尼昂(Jean-Louis Trintignant,1930—),法国演员,导演。译注。

出现分歧，自己觉得受伤时，籁雅才会来找他，还要看将冒着蒸汽、滴着水滴的意大利面条投到网球拍上会怎样。

“籁雅个子窜得很快，一看就有个大个头父亲。是时候给她买一把正常大小的小提琴了。我们驱车去苏黎世，去卢塞恩，还去见了圣加仑的著名小提琴制造商。我们对库姆霍兹音乐商店的小提琴不够满意，这让卡塔琳娜·瓦尔特有些气恼。带着小提琴回来时，玛丽也觉得自己的意见受到了忽略。这把琴很漂亮，音色更是极棒，价格昂贵。当我站在银行，亏着卖出股票时，我抖抖索索地问自己，这是在做什么。我现在还能感到，我把脚迈到马路上时有多小心，就好像下面的柏油路会随时塌陷似的。心中有些不安全感，不过我不想感受它，反之，我想组织一个小聚会来庆祝一下。

“我们坐在厨房的桌子旁边，为邀请的客人列名单。不过这不可能。玛丽·巴斯德能来我们家吗？出现的不愉快刚发生在不久前。籁雅抿起嘴，用手指在桌面上画着什么，对此我挺高兴。要请卡罗琳吗？她知道我们住的地方，可是请她来做客，那其他同学呢？全班同学，还有音乐老师呢？我合上了笔记本 102
电脑，我们没有朋友。

“我煮了米饭加藏红花，饭后籁雅默默回到她的房间，用新小提琴练琴。这把小提琴的音响很温暖，金子一般，几分钟后，‘我们是不是没有朋友’的问题也不再有什么影响了。”

梵特感受着籁雅的抱负和狂热，感受着当她觉得受到妨碍时，表现出的冷酷。马库斯早成了过去。后来爱上这十四岁女孩的男孩犯了一个可怕的错误，在她生日的时候，送了她一把小提琴。籁雅的评价非常残酷，这种情形每每会令父亲打寒战。可是，当她在玛丽那儿不顺心了，回到家，依偎着他又哭又诉，这时，那个时而会扯些怪诞的、不合逻辑事情的小女孩又回来了。

“接着出现了帕格尼尼的问题。他要求的手法不人道，籁雅比着手让我看，这个手法应该是怎样的。她管它叫鬼指型，要求有很大的难以置信的指间距。他的曲子是专门为这样的手写的。籁雅开始做抻拉运动。玛丽阻止她做，她就偷偷做，还读有关尼科洛·帕格尼尼的书。玛丽向她发出了最后通牒，她才停了下来。

“狂热、冷酷、奇言怪语，从一开始我就知道，这些不好。我本该同玛丽谈谈。您问，她是不是也意识到了这样有多危险。可是，我……后来，玛丽就是这样，我不想……我当然也不想让
103 籁雅的声音在公寓里消失，那将是可怕的沉寂。后来我还是听到了那种沉寂，那是死一般的寂静。今天晚上我又得听它。”

我们一公里一公里地离这个寂静越来越近。不知为什么，想象中他那个小小的新公寓——如他所说的，显得十分破旧，楼梯上散发着令人不快的气味。我的速度不由自主地慢了下来。

“她第一次参加比赛时，那段时间里每天天不亮我就起床，心想，见到罗耀拉·哥伦以后，我几乎忘记了自己的生活，整天只想籁雅的事。一天，我还没剃胡子就开车去了火车站，路上空无一人。手扶电梯还未启动，我从上面慢慢走下，试图想象，在小提琴音乐主导我的生活之前，我的生活是什么样子。一个人可以知道过去是怎样的，以后会怎样吗？真的可以知道吗？

或者,他以后得到的,会受到自己紧张思想的麻痹,令他恍惚以为,那还是从前的?

“乘升降电梯,我又上到地面,去了大学研究所。此时那里静悄悄的,空无一人。我查看了信件,又去看电子邮箱。有两个比较急的问询,我匆匆给了答复,然后锁上办公室的门。这天早晨,办公室门上我名字前的称呼尤其令我感到滑稽可笑,自命不凡。外面,城市正在苏醒。鬼使神差之中我发现自己开到了蒙比雍(Monbijou)区,自己小时候就住在那里的一座简易公寓楼里。这里有我被遗忘的生活,我要找的正是它,它好像同我的职业生活没有一点关系,它像是我职业生活之前,和其后的生活。

“那个简易块状公寓楼看上去还同当年的一样。我的第一 104
个职业愿望就产生在那个三楼上:要做一个造假钞的。我躺在床上,想象着要干这事需有哪些先决条件。这一切与我的曾祖父曾作为一个会坑蒙拐骗的荷兰银行家,后来逃到瑞士的事实无关。这事是我很久很久以后知道的。还是个小男孩时,钞票就令我着迷。用一张彩色纸块,可以在商店里得到夹心巧克力,这令我难以置信。我感到非常惊讶的是,当我们拿着巧克力走出商店,里面的人竟没有追我们,或把我们监禁起来。我的好奇令我不断重新尝试。我开始偷母亲钱盒里的钱。这事做起来令人惊讶,又简便安全,因为母亲总是带着她的新时装设计纸样走遍全国,很少在家;父亲也很少在家,他得带着各种医药产品,走访医生。后来我看了很多电影,只要同作假有关的我都看,包括还有做假画的。然而,付款方式变得越来越难以捉摸，这令我既失望又恼火。为了惩罚自己，我刚熟悉了使用电脑，就开始计划用电脑抢劫银行。难以置信的是，现在只通过点击数字，就可以移走实际上不存在的数字。这事让我觉得比买夹心巧克力还让人难以置信。

“作为销售代理的父亲，结束促销旅行回到家，总是疲惫已极，烦躁不安。他不再有同儿子一起玩的兴致与精力，——这个儿子并不是计划中的产物。不过我们最终还是找到了一条通往
105 对方的路，这就是国际象棋。在此，人们可以不用说话，坐在一起。父亲下棋时很冲动，鬼点子不少，但对我这样老谋深算的顽强对手，他缺乏耐力，他常输。我永远不能忘怀的是，他从不为他的失败生气，相反却为我的得胜自豪。

“就是到了医院，我们也下象棋。我觉得，当心脏再也使不上劲，他不必再去拼命销售时，他很庆幸。我通过首次博士考试时，他还活着，他笑道：‘马亭·梵特博士，听起来不错，听起来很不错。你没事就泡在国际象棋俱乐部，还能读出个博士，这个我真没想到。’永远得穿最时尚服装的母亲，后来搬到一个较小的公寓。每周我去看望母亲一次，一次临别前，我找个借口进了她卧室，把一些钱放进她的首饰盒。‘可是，你也需要钱啊。’她翻来覆去地这样说。“是我印出来的。”我说。她还活着看到了籁雅的出生。‘哦，马亭！’她说，‘你现在都是父亲了！你那时候可是个要命的独来独往者。’

“在(伯尔尼)联邦广场，有两个男人在下国际象棋，他们用的超大棋子能有膝盖高。已经是最后的棋局了。那个老先生会输的，如果他选眼下最好走的，拿下对面的小卒。他不确定地

看我，我摇了摇头，于是他从小卒旁边走过。看着我们无声交流的年轻人，用眼睛狠狠地盯住我。这样更好，这样对我一点作用都没有，这样只能输。

“五个来回后，他输了。这五步是我指挥老先生走的。过 106
后，老人想和我一起喝点什么，我正在寻找自己的生活，于是走上‘教会田’桥，向我的文理中学走去。这里的学生比我小四分之一世纪，正涌进教室。当教室门一一关上时，我神情恍惚地感到自己被排除在外。在这座学校，我创下了逃课纪录。

“我走进空荡荡的大厅，这里洗洁剂的味道还一如当年。我在这儿参加过多少次比赛了？我记不清了。一共只输过三次。‘都是跟女孩时输的，’别人总是笑嘻嘻地说，‘都是穿短裙的。’

“最有趣的是同凯瑟下棋，他是我地理老师汉斯·吕蒂的死对头。凯瑟是个缺乏想象力的特立独行者，有个大下巴，脸上皮肤绷得挺紧，发着亮光，从他的自我感觉上看，他尤其适合做一个总参谋部官员，他巴不得穿着配有匕首的制服来上课。对他来说，地理课意味着：背下瑞士所有隘口的名称。他在课上总叫我‘特！’，对此，我基本上没有反应。可以理解，如果一个人姓凯瑟[1]，还得管他的对头叫‘梵特’[2]，这的确很苦涩。他改口叫我梵特后，我才说，苏斯滕隘口在阿勒河下面通过，辛普朗隘口通过坎德施泰格[3]连着坎德施泰格隘口。他每次参加象

1 凯瑟（Kaiser），意为奶酪师。译注。

2 梵特之梵——Van，带 Van 的姓氏具荷兰贵族背景。译注。

3 坎德施泰格，瑞士小镇。译注。

棋比赛都输,看到他每次都不肯相信自己又输了的神态,那才让人开心。他恨我,恨死我了,特别还有我的名声:我是学校里
107 最野的狗,最狡猾的魔王,却让人不得不承认,比某些老师脑子还明白。每次比赛,经过凯瑟棋盘时,我都不看他,装腔作势似的抬抬眉毛,尽快走过去。他试图推翻医师为我做出的不宜入伍的证明,他认为那些症状是模拟出来的。事实上也是这样。

“那天上午我去了籁雅的学校。到的时候,正好是课间休息。本来我打算走到她跟前,跟她说,我为什么这么早从家出来,可临时改变主意,只是隔着一段距离望着她。她站在自行车棚处,一只手心不在焉地在一个大梁上蹭来蹭去。现在在我看来,这种漫无目的的摩擦,正是我在圣雷米医院木柴垛后面看到的,那是生活漫无目标的不起眼的前兆。

“这时,她转过身,到几个扎堆的学生跟前,听一个一头乌发的女孩子在说什么。这是一个看上去很喜欢马,喜欢篝火和响亮的吉他音乐的女孩,一个加州大学女生群体中圣女贞德似的形象,她是萨斯费人,叫克拉拉。她能用手指头抬起山地车,其他方面她也表现出好像无所不能。但她有这样一个弱点:就是她的名字。说得更确切些就是,她恨自己的名字。她不想叫克拉拉,想叫丽丽,只想叫丽丽,不能是别的什么,如果有人不这样叫,她便视之为宣战。

“这两个正在长人成人的少女之间,存在着显著对立,其对立可以用不同方式来描述。那边丽丽的脸上,有太阳晒足的健
108 康的肤色,籁雅这边却是雪花石膏样的,使她看上去有点病恹恹的;那边的丽丽,运动员身材,仿佛随时都可以跳高,而这边

的籁雅站姿坐姿都不灵巧，让人很容易有个印象，她忘了她的四肢在什么地方；那边丽丽一双明亮的蓝眼睛，直射过来时，眼睑一眨不眨，而这边的籁雅，一双深色眼睛的长睫毛搭起了密密阴影，从那儿扫出来的总是迷迷蒙蒙的一瞥；那边是寻常的古铜色健美的登山女王，这边则是白皙、高贵的在悬崖边寻找平衡的音乐仙女。丽丽总要争执，就像太阳直射的尘土飞扬大街的正午；籁雅则会对争执做出不理不睬的样子，然后为将事情说明白，用些花招手腕，闪电般地从潜伏的阴影中脱出。这一切是不是太像我的方式了？在与克拉拉的争斗中，她不愿意用塞西尔的能干，更愿意用我的狡猾——用一把无形的花剑来刺穿对手吗？

“接下来的几小时里，我去了我作为大学生时住过的地方，
在从前那个国际象棋俱乐部站了很久。我大学时期的生活费，
部分就是在这里挣得的。他们管我叫哑弹马亭，盲棋马亭，因
为我常能不看棋盘同时同多位棋手下棋，挣下一半入场券。一
次，只有一次，我的记忆出现了全线崩溃，那天晚上我没有赢一
场。在那以后，我有半年没下棋。我有时晚上去看父母。他们 109
为有我这样能上大学，又可以自食其力的儿子自豪得不得了，
其情其景令人感动。我自己却热切地希望，他们能忘掉这一
切，做一次对游荡街头的懦弱儿子有庇护能力的强干父母，就
做一个晚上，只做一个晚上。从学校寄来的警告信，都让我截
获了，做一个挂钥匙的孩子，就有掌管信箱的权力。他们怎么
知道，那一切并不是看上去的样子？

“快到下午了，籁雅很快会回家的，我应该在家里。我却想

看电影，想重复往昔的体验：在明亮的午后时分，坐进黑暗的电影院，去看首场，去享受在做无人所做之事的感觉。”

那时我去看汤姆·考特尼在跑道上奔跑，看他带着胜利的喜悦坐在终点线前面的跑道上，看了中午场，看下午场，还要看夜场。

“我一点没看电影。起初我想，现在籁雅会看到一个空房子，就像早上那样。可是慢慢地，我明白过来，这关系到更重要的事情。我在想象，如果没有籁雅，会怎么样。如果我不用再照料她，不用做饭，不用担心出现新湿疹，再听不到她练琴，不会再经历怯场……我想象着，开了一整夜车，然后站到玛丽·巴斯德的门前。我跑出电影院，回家去了。”

十三

快到瓦朗斯时，我们开到一个停车场，这样我可以活动活动
110 腿脚。寒冷的西北风从罗纳河谷吹下来，对话几乎不可能。我们站着，裤子在风里直抖，空气既干又冷，脸让刺骨的寒风吹得发涩。“我们可以在日内瓦休息一下吗？”梵特早些时候曾这样问过，“我想去一个书店，伯尔尼的柏姿书店早就没有了。”

他想拖延一些时间，不想走进自己的公寓，那里没有了籁雅的琴声，只有一片沉寂。“搬了家，这个沉寂还一直跟着我。”他指的是新公寓。

我想，他之所以搬家，其中的实际原因是，他现在是一个人住。也许他想忘却过去。不过他的声音里总还能听出幽怨，好像换到小公寓是因为受到了强迫，好像他的头上有什么主管、什么权势操纵着他。这一定是个很有权威的主管，我想。梵特不是没有什么原因就可以被驱逐出自己公寓的人。

“籁雅还有一个音乐老师，”我们又上路时，他说，“叫约瑟夫·瓦伦丁。一个很不起眼、几乎看不见他的那么一个人。小个子，西装，灰色马甲，领带也没什么颜色，头发长到肩头。只是他的眼睛很特别，深褐色，看什么总是很诧异又精神集中的样子。他戴着一个老大的图章戒指，谁都会笑话它几句，因为他与它一点都不般配。学生们叫他约尔，因为这名字不可思议，所以这样叫他。他在台上为学生乐团指挥时，一个很可笑 111
的危险是，因他个子实在太小，太单薄，每个动作都像是对他不显眼的抗议。而他向钢琴走去时，窃笑便会变为尊重的沉静。那双手实在太灵活有力了，连那个戒指这时也显得恰到好处。

“他爱籁雅。以他全然腼腆的天性，唯一可以向外表达他性情的是音乐。老男人喜欢小美女——好像这很自然，可后来又不是这样。他从不过近地接触她，相反，她出现时，他总是退缩，总在远处赞赏着，保持着距离。我觉得，他可以眼睁睁地看别人向籁雅挺进，而把自己忘掉。‘他管丽丽叫她的姓——卡尔本小姐。’籁雅说，‘我觉得他这样做是为了我。’高中毕业后，她有时谈到他。在此，可以感到的是，对这种无接触的爱护与赞赏，她还是很怀念的。

“他与玛丽相互缺乏好感，敌意倒是没有，可他们避免在学校演唱会上互相问候。

“如果两个人都在房间，他们的心思让人一目了然：他们在想，最好另一方不在这里。

“通过在一个个学校音乐会上的参演，籁雅的演技不断提高。演奏莫扎特回旋曲那样的错误没有再犯了。演出前脖子上出现红斑的情况还是没有改变，演奏间隙，她还是要将手在礼服处擦干。她的自信在增长。尽管如此，每到有难度的地方我仍会不安地发抖，她在家练琴时，我就知道难处在哪儿。

112 “十六岁时，她同学生乐团一起演奏巴赫 E 大调小提琴协奏曲，回到家她给我讲排练的事情，面带愠怒地告诉我，乐队第一小提琴手是个女孩，比她大两岁，自称‘首席小提琴’，几乎不能忍受籁雅可以独奏。同籁雅的小提琴相比，她的提琴声色略差一些。音乐会结束后，她站在我面前时，看我的眼光仿佛在说：只是因为你有钱，可以为我买这样的琴。

“籁雅的演奏有两处能让玛丽察觉的小差错。尽管如此，演出非常成功，得到了雷鸣般的掌声和跺脚声。玛丽早已热泪盈眶，还抓了抓我的胳膊，她还从来没有这样过。有人给穿着红长裙的籁雅拍照，那是玛丽和她一起选的。”这时梵特停了一下，“后来，就是这类照片，我不知道应该把它们扔掉、撕掉好，还是只是锁起来为好。”

到了里昂，刚拐向日内瓦，梵特又静静地说道：“后来，是约尔给籁雅报的名，参加在圣莫里茨的比赛。要是他没报名就好了！要是他没这样做就好了！”

十四

他讲道，参赛前的最后两个星期，籁雅可以不上课，大部分时间她都在玛丽那儿。玛丽把其他的课都推掉了。他们排练巴赫的奏鸣曲，还一次又一次听帕尔曼[1]的录音，听他如何演奏。有时，她们会练到深夜，那样的话，籁雅就住在玛丽那儿。“那 113
把‘斯特拉迪瓦里’琴太绝了，谁也没法跟它比。”对帕尔曼的小提琴，籁雅说过这样一句。这句话一定一直回荡在梵特的脑际。

有时他梦见籁雅又得湿疹了，有时他醒来，出了一身冷汗，因为他梦见籁雅站在舞台上，好像一下子想不起下面该拉什么了。

“比赛开始的两天前，我们驾车去了圣莫里茨。那时正是一月底，一直下着雪。籁雅的房间在我的和玛丽的之间。酒店大厅里他们刚刚搭好了台子。看到电视台摄像机时，我们都吓了一跳。籁雅走上台，在上面站了半天，有时用手在裙子上擦了擦。她说，她想现在练琴，于是她与玛丽一起回了房间。

“我现在还能感到，那天的雪落到我脸上的感觉。这些雪帮我熬过了那些日子。我租来越野滑雪板，上了路，滑了好几个小时。以前我和塞西尔经常这样做，我们不走通常的路线，

1 帕尔曼（Itzhak Perlman，1945—），著名以色列小提琴家。译注。

常常一言不发地在深雪里留下我们并行的印迹。就是在这样的行进中，我们第一次提到了孩子的话题。

“我不能考虑孩子问题，我说。塞西尔站住脚：‘为什么？’

“对这个问题我早有所准备，所以我将双手搭在滑杆上，低下头，说出了自己打算作解释的句子。

114 “‘我不希望负这个责任。我不知道怎样对他人负责。我连怎么对自己负责，都还不清楚呢。’

“除了这样的话我也说不出别的来。至今我都不知道，它对塞西尔产生了什么影响，她是否听明白了，是否当真对待了。我们结婚刚刚一年的时候，有一天她告诉我，籁雅在肚子里了。我胆战心惊，可她已经成了我的锚，让我不能失去了。

“九年前，我最后一次关上塞西尔病房门的时候，动作很轻，好像她还能听到似的。就在那前一天，她说：‘你得答应我，对籁雅你要好好……’我说，‘当然，’我打断了她，‘我会的。’后来我很抱歉，没有让她把话说完。这时，冷风把雪花吹到我的脸上，令我窒息。然后，我快速滑回酒店。

“第一次上台演出时，籁雅遭受到怯场的打击，她像遭了一场大病，你对它做不了什么。这其间六年已经过去，她已经掌握了应对方法，比如演出临近时，想些其他的事情，能吸引她注意力的事情来做。如果是在学校演出，那对她非常有帮助并令我惊讶赞叹的是克拉拉和她那伙追随者坐在观众席上。丽丽很生气籁雅能给庆典带来光彩。尽管在跑道上、在游泳池里，每次比赛她都能获胜，她仍觉得这些不足以作为抗衡的筹码。籁雅知道这点，这样当她看到丽丽穿着破了口的衣服，懒洋洋地

坐在第一排时，她所有的羞涩都可以一扫而光，尽情享受起这一 115
刻来，那些技术难关，也可以轻松克服，就好像它们从来没有过。

“但在圣莫里茨，一切都不同了。如果她能在本次大赛中获胜，那么以后可以考虑开始一个独奏家的职业生活。我是反对这种职业的。我不想被迫看到，籁雅被怎样吞噬在怯场、对新闻的愤怒和对湿手的担忧中，尤其不想每次都为她的记忆发抖。这样的发抖是有原因的，从那次回旋曲上出现错误后，比较严重的错误再没有出现过，没出现过可以跟我在国际象棋比赛时出现过的全线崩溃相比较的错误。琴声也从未被突如其来的忘却卡住过，手指也没有因为不知道下一步该滑向何处而僵住。只是有一次，她演奏一首莫扎特奏鸣曲时，演奏第二乐章前演奏了第三乐章，一时间让观众觉得，她以为第二部分结束，乐曲就结束了。对此，坐在钢琴前面的约尔表现得镇定自若，对这个意外尴尬，给出了一个暖人的慈父般的微笑。‘对不起。’籁雅过后说。我希望，这个‘对不起’我再不会听到，再也不会听到了。

“酒店餐厅里，十名参赛者坐在吊灯下，都是一副不把他人放在眼里的架势。十张桌子之间隔着较远的距离，第二天他们都要通过自己的小提琴争取成功。那些参赛者的讲话，在我听来，显得过分生动夸张，他们与自己的老师一起忙碌着，好像要显示对竞争对手的不屑一顾。

“籁雅一言不发，时不时地将目光投向其他桌上。她穿着 116
一袭高领黑礼服，那是我在山上滑雪时，她与玛丽一起买的。参赛时她也要穿这裙子，高领会遮住由于紧张引出的颈部红斑。对这些红斑，籁雅突然间不再能忍受，于是她们将事先准备好的那条露肩长礼服放到一边，去买了这条新的。穿上这件新礼服，配上盘起的发髻，她的头颅显出某种修女式的严厉，这让我想起玛丽·居里。

"我们第一个离开了餐厅。籁雅进了她房间后，我和玛丽还在走道里站了一会儿。我第一次看到她吸烟。

"'您不希望籁雅获胜，是不是？'她问。我暗暗吃惊，好像偷东西时被人抓到。

"'我这么容易露馅吗？'

"'只要是关于籁雅的事。'她笑着说。

"我很想问，她有什么期望值，她对籁雅的机会是怎么想的。她很可能看出了我的心思，因为她扬了扬眉头。

"'那，我们明天见。'说完，我就走了。

"夜里，我站到房间的窗户前，还观赏了一阵圣莫里茨白雪皑皑的夜景。隔壁籁雅的房间还亮着灯。我又说了几次对塞西尔承诺过的话——关于要负责任的。我不知道怎样做才算正确。天快亮的时候，我终于睡着了。"

117

十五

我们启程向日内瓦方向出发。此时，阴云密布，黄昏早早降临。梵特睡着了，头向我的方向歪着。从他身上能闻到酒精和烟草味。他讲籁雅在圣莫里茨参加比赛的事情时，又掏出烧酒来喝，还用快抽完的烟屁股点燃了新的一支。要是在我自己的车里，是不准抽烟的，我受不了，会觉得喘不上来气，马上会觉得衣服上都是烟味。可现在没有关系，不知为什么，现在我一点也不受影响。

我看了他一眼。他早晨没有剃胡子，还穿着昨天穿的那件衬衫，昨天他痛斥那些去看梵高病房的游客时，把领口撕开了。那上面三个扣子敞着。这是一件没有熨烫的衬衫，经过无数次洗涤，已说不清原来是什么颜色了，外面是一件皱巴巴的黑外套。他用嘴和鼻子同时呼吸，此外还能听到一些呼噜声，呼吸显得有些吃力。

他闭着眼睛的样子，好像很需要保护似的。一点不像那个曾经想造假钞，或者在联邦广场下象棋、让对手一败涂地的人——就因为那个对手敢盯着他，而更像一个害怕露丝·阿达的人，虽然他永远不会承认；尤其像一个不愿意对一个孩子承担责任的人，因为他有种感觉——对自己他都不知道该如何承 118
担责任；还像一个将梅甸大夫的话当作鞭笞的人，因而提到他时，只说那个北非人。

我试图想象汤姆·考特尼睡觉的样子，并想知道，如果他同一个女孩住在一起，而这个女孩却要为拉小提琴费尽心血，那该是什么样子。对这些问题梵特都已变得很不确定了。“即使在实验室，我也觉得自己好像知道得越来越少。”他说。

竞赛选手们按照姓氏拼写顺序出场。这意味着，籁雅将是倒数第二个。

“我们坐在一起进早餐时，她脸色苍白，淡淡地笑着。没有谁被要求必须去听竞争对手的演奏，不过当我建议，别人演奏时我们去散步时，籁雅不耐烦地摆手拒绝了。这一天她什么都不听我的。有一阵子，我突发奇想，想象着自己什么都不说，离开酒店，乘下一班火车去克洛滕。而事实上，当照在观众席的灯光灭掉后，我一分钟都没少地一直坐在她身边。我们没有交换一句话，也没有互相对视，但我知道籁雅每一秒钟的所思所想。是通过听她的呼吸，通过她的坐姿及在椅子上的动静感觉到的。这样的分分秒秒，令我难挨，又令我高兴，因为在离籁雅这样近的地方，我可以通过她的无言，破译她的内在。

“前两个参赛选手的演奏，动作僵硬，不值一提。我能感
119 到，籁雅有些放心。这感觉令我欣慰，可是这放松后面隐藏的残酷性，又令我在回味中感到震惊。从现在起，我的内心充满了这类很矛盾的感觉。他人的缺点既意味着希望，可以从籁雅深呼吸中听到的轻松，又意味着残酷。

“我跟别人下象棋，遇到决定胜负的紧张局面时，是怎样的情况呢？我眼前出现了父亲，出现了他用满是瘢痕的手，移动棋子的样子。当看到失败不可避免时，他会叹口气，作出无可奈何的投降状，说：‘你都是怎么走的呢？’一次，当我看到自己失败在即，便让国王倒下做出投降状，父亲迅速抓过棋子，让它直立起来。他不属于可为此类举动作出解释的人，可他的脸，一下子变得有棱有角，还有些白皙，仿佛由大理石刻成。这使我意识到，在他疲倦、厌烦的表面背后，还藏着怎样不屈的骄傲。他就这样以筋疲力尽的沉默教给我，要想着取胜，但又不

要让这个准备状态，同残酷归到一起。从他在病房最后一次握我的手算起，二十多年过去了。那次他比平常握得要紧得多，因为他已经料到，他会在夜里离去。

“我坐在女儿身旁，女儿正迫切期待着他人的失利，在这个时刻，我感到对父亲从没像现在这样想念过，尽管我曾无言地——内心里也无言地对他充满了不满与气恼。成年人应该怎样将自己的体验，让孩子知道呢？如果你发现孩子身上有着令人震惊的残酷，你应该怎样做呢？

“上午共有五位选手上场，其中两位没有来吃午饭。另外 *120*
三位，闷声不响，头低在餐盘上，只顾吃饭。他们一定已意识到，他们的演奏没有取得光彩的成功，现在他们只能忍受他人的注目——这也是比赛的一部分。我看看这位，瞧瞧那位，这些跟成年人一样演奏的孩子，现在也同成年人一样，用勺子喝着他们的汤。我想，我的上帝啊，这有多残酷。

“父母们也知道，他们的表演不够好。一位母亲抚着女儿的头发，一位父亲把手放在儿子肩头。突然间，我意识到，当别人的目光向我们这边扫来时，尽管也都亲切友好，但还是残酷的。他们在把我们当成演员。我们不能再沉浸于自我，我们需要为别人表现，他们让我们离开自我。最糟糕的是：我们还必须假装自己是一个特定的人物。这是别人的期望。其实我们根本不是什么特定的，我们更愿意将自己藏在舒服惬意的模模糊糊之中，这也许恰恰对我们最重要。”

我想起保罗口罩上吃惊的目光，这目光让我在自我中缩成一团。我还想起了一位护士低下头的样子，她不忍心看我在那一刻的无能为力,这比保罗的惊诧更令人难受。

“下午的比赛一开始就出现了一个惊喜。上台表演的女孩叫索尔维格[1],这个名字很具童话色彩。她带有雀斑的脸上似
121 乎没有笑容,裙子像个大口袋搭在她身上,胳膊瘦得令人怜爱。我自然而然地等着可能会出现的、让我们尴尬的较微弱的琴声的出现。

“然而,琴声炸响了！演奏的是俄罗斯曲目,我没听说过那个作曲家。那是烟花鞭炮般的声响,滑音、双音,位置跳转得令人眼花缭乱。女孩的头发好像没有洗,看上去一缕一缕的。可突然头发飞了起来,她的眼睛也闪闪发光,柔弱的身体随着激越的音乐轻柔地荡起来。台下一片静寂。然后掌声超过了所有我们上午听到过的演奏。此时每个人都清楚这点:比赛这才刚刚开始。

“籁雅一直一动不动地坐着。我没有听到她的呼吸,我看看玛丽,玛丽的眼睛像在说,籁雅会与这个女孩有得一搏。籁雅闭上双眼,两个拇指慢慢地一起搓起来。我感到一阵冲动,很想用手去抚摸她的头发,用手臂去搂她的肩头。我从什么时候开始克制自己这个冲动的?最后一次拥抱她——我的女儿,到底是什么时候?

“再有两位选手演出后,就该轮到她了。那个女孩让裙边绊了一下,那个男孩一个劲地在他裤子上擦手,苍白的脸上可

1　索尔维格,易卜生代表作《培尔·金特》中的女主人公名字。格里格作曲的《培尔·金特组曲》中的最后一首《索尔维格之歌》是世界名曲。译注。

以让人看到害怕，手指潮湿会造成琴弦上的手滑。籁雅不太紧张了，玛丽翘起二郎腿。男孩开始演奏时，我走了出去。

“我从座位上站起身的时候，既没看籁雅，也没看玛丽。没有什么可解释的，这是一种逃避，要逃离这些孩子的惶恐不安。这些孩子被哄到这里，有人告诉他们，来遭受对手及评委的打量与聆听，非常重要。他们中年龄最大的二十岁，最小的十六岁。这是一个青少年音乐会，这座城市到处可以见到它的广告，看上去美观、平和，金色粉饰下面是潜在的恐惧，令人窒息的抱负和潮湿的手指。我在路边深雪中跌撞跋涉，远远地我望见等顾客的出租车车列，我又一次想起克洛滕。籁雅从舞台上会看到我的座位空着。我用雪冰了一下脸颊。半小时后，当我湿着大腿步入酒店大厅时，籁雅已经进了等候室。我坐了下来，玛丽一句话也没说。” 122

十六

“籁雅首次登台演出时，我坐在学校礼堂的观众席上，其间六年已经过去。是不是所有的人都这样：深深的担忧从不会消失，它隐藏着，再次出现时，它原汁原味，势如当年？您也遇到过这种情况吗？为什么它与喜悦、与充满希望和快乐的体验如此不同？为什么阴影的作用比光线更强大？您能不能给我解释一下？”

我觉得，他的眼里很有自嘲的意味，不过还能看到他可以在悲伤与绝望之间保持距离。那眼光同在昨晚开着的电梯门前的目光一样。那眼光就像汤姆·考特尼的，当探访日那天，他是
123 唯一一位无人来探望他的人的时候。只是，梵特缺乏力气，因而那眼里充满了痛苦与不解，好像一个在父亲眼里寻找支持的男孩的眼神。

仿佛这个眼神在我这儿可以得到善待似的。

“穿着白大褂，你显得很有魄力，”莱斯丽曾对我说，“可别人还是不能完全信任你。”

我很高兴，前面得通过收费站，我得找钱包，交公路费。等我们又开起来的时候，梵特的声音听上去不那么不确定了。

“灯光灭了，籁雅走到台上。黑暗中，玛丽用大拇指做了一个十字图形。此时的安静远超过其他选手演奏前的，这也许只是我的想象。我想，这是十字图形的安静，这十字图形是个看不见的秘密部署。另外，籁雅看起来很像一个修女，也许因为这高领黑礼服与盘起的头发，她好像一个已将一切置之度外，只想将自己奉献给神圣音乐盛典的女孩。

“就在我看出这点时，她慢慢将一块白布搭到小提琴的腮托上，然后对音，调音，再对音。每秒钟都好像加了倍。我想起那个莫扎特回旋曲的问题，想起籁雅曾经声言，恨不得把小提琴扔向观众。这时，她再次调整了弓子的松紧，然后闭上眼睛，抬手将琴弓搭到琴弦上。灯光似乎更亮了。此时出现的，将决定籁雅的未来。我忘记了呼吸。

124 “我的女儿竟可以这样演奏！这音乐声何等纯净、温暖、深

厚！我在脑子里搜索着词汇，搜了一阵，找到了：圣洁。她演奏的是巴赫奏鸣曲，她好像在用每个音符铸就神圣，没有出现一点瑕疵，每个音都这样准确、纯净、坚固，琴声回荡整个大厅，她演奏的时间越长，这个安静益发显得宏大与深厚。这让我想起了火车站里罗耀拉·哥伦的小提琴声，想起籁雅最初在公寓里拉出的嘶嘶声，想起第一次在玛丽处感受到的她演奏的每个音的稳健。玛丽用手帕拭了一下脸上的汗水。我能闻到她身上香水的气息，能感到她的体热。她就是那位将我的小女儿教成了懂得如何让这酒店大厅被这强盛的美妙音乐充盈的女士。有那么一阵儿，我拉住她的手，她也做出相应的回应。”

梵特喝起酒。有几滴顺着他的下巴流下。听起来也许不可思议，就这几滴，这意味着控制力缺乏的几滴，令我联想到，从圣莫里茨的大厅籁雅那辉煌的时刻，到如今梵特在圣雷米医院看到女儿在木柴垛后面心不在焉地用拇指蹭着食指尖的样子，这是怎样的天壤之别啊！她的心碎了。那位大夫如是说。就是那个北非人。

“正如我说的，是圣洁的，”梵特刚一开口，重又沉默了一会儿，接下来他说，“后来，我了解的情况比较多了，有时我会想：她演奏的时候，就好像她要用音乐建造一座假想中的音乐大教堂，这样在她承受不了生活时，可以在那里得到护卫。特别是 125
在去（意大利）克雷莫纳（Cremona）的路上，我一直这样想。坐在那里的大教堂里时，就好像它就是那座假想的教堂。”停了一下，他又说，“我总想着这个疯念头，很美妙，我上午想，下午想，晚上也想。好像我可以通过这种方式，与籁雅那时的独特感受结合到一起。有时,在我隐蔽密封的内心里,我很羡慕籁雅的执拗,这使她不受常规与理性的影响。有一次在梦里,我与她一起站到了圣雷米那个木柴垛后面。梦中所有景物的轮廓,包括我们的,都消失了,变成一幅颜色遭到强烈稀释的、浅白的水彩画。这是一个很珍贵的梦,天亮时我还想着要将它牢记在大脑里。”

我想,这位可是,可是被与玛丽·居里和路易斯·巴斯德有关的两本书救下的人,是以自己系统的科学认知成为伯尔尼高校最年轻教授的人。

“籁雅鞠了一躬。我想起她的第一次鞠躬,那次出了莫扎特回旋曲错误之后的鞠躬。我跟您说了,当时让我担心的是什么:她鞠了一躬,好像这个世界除了向她欢呼便别无选择;好像她可以要求为她鼓掌。此时,这个站在小女孩位置上的小女士,也有同样的要求。只是这时在我看来比从前更危险。对一个小女孩做解释,我想还是比较容易的,可以对她说,观众可以有自己的判断;可是现在,站在酒店大厅舞台上的籁雅十七岁了,对这事没有人可以对她做解释了,绝对不能解释了。

126 “这掌声比对索尔维格的还响,还持久吗?我知道籁雅正有些紧张地几乎有些僵硬地鞠着躬,不过以她的尚不成熟,她一定也会想到这个问题。每一秒钟她都会急切希望,这掌声不会减弱地延续到下一秒中,并继续延长,一秒一秒地延下去,直到其热烈与持久的程度毫无疑问地超过了索尔维格所得到的。

这正是我很想同女儿保持距离的地方:她屏住呼吸倾听观众,她在那里热切地寻找掌声、认可与赞赏;还有,如果掌声明显比预期的弱小，她会受到失望的毒液的侵害。

“她向我们走来时，脸上好像罩上了一层汗水。亚历山大，最后一位参赛学生的演奏，她不要听了，她对我们肯定地说。从这句话后面可以听到的，是担忧及易受伤害的敏感。于是我们离开酒店，跌跌撞撞走到厚厚的雪地里。无论是玛丽还是我，都不敢张口问她自己的演奏感受。好像有一个词用得不适宜，她就会爆炸。我们的鞋子在雪上发出嘎吱嘎吱的响声，我再次回想起在伯尔尼火车站的情景，我要把籁雅拉到我身边遭到她的抵触。

“‘我要像迪努·李帕蒂[1]那样。’后来她说。过后，玛丽告诉我，这是一个罗马尼亚的钢琴家，我们还一起寻思，籁雅这句话是什么意思。她是不是将他与乔治·埃乃斯库——罗马尼亚小提琴家混淆了？我买了一张迪努·李帕蒂的唱片。在空荡的 127
公寓听唱片的时候，我试着将李帕蒂想象为一个小提琴手。嗯，是提琴手，我想，没错。可我追逐的只是一个幻象，许多幻象中的一个，到最后，它们都还只是幻象。一个幻象大军，它们规定着我的行为。籁雅果然将李帕蒂与埃乃斯库混淆了，她跺着脚，就是不想正视这点。我给她看唱片，她打开窗户，把唱片扔了出去，塑料盒子摔到柏油路上的声音，非常可怕。”

梵特沉默下来。沉默中远远回荡着他回忆中的可怕声响。“这件事发生在大卫·列维走进她的生活，毁了一切之后。”

1　迪努·李帕蒂（Dinu Lipati，1917—1950），罗马尼亚钢琴家，作曲家。译注。

十七

随着列维的出现,父女俩的生活开始了新的一页。伴随着这个名字的出现,梵特的讲述,也开始了新的一章,或者说得更确切些,是他的述说开始了新的一章。新的地方尤其表现在安宁的失落与混乱状况的交叉出现,他现在尤其要讲那些年里,令他不安与恼怒的事情。到目前为止,讲故事人的讲述,还是有条有理的,能让人感到,经过了一种梳理。可从此刻起,在我看来,在梵特心中仅剩有画面的、思想碎片的、情感的洪流,它们要漫过河堤大坝,要将其他的什么与曾经的他一起卷走。他
128 甚至忘了讲比赛结果,直到我不得不提醒他。

“评委会会长走上舞台,大厅里一片寂静,大家急切盼望着他来宣布比赛结果。他的动作有些迟疑,可以看出:对不能得到名次的选手,他感到很遗憾。他戴上眼镜,展开上面写有前三名选手名单的那张纸。他会先读第三名的名字。籁雅的两手攥到了一起,好像屏住了呼吸,玛丽咬着她的嘴唇。

“获得第三名的是索尔维格·林斯。她再次令我惊讶,我的预料好像是寒酸的偏见被扔了回来。我以为她会失望,但看到的是浅浅的勇敢的微笑。她带有雀斑的脸上泛着光泽,掌声令她享受,她优雅地鞠躬致谢,连那条裙子看上去也没什么不正常了。她是所有选手中最不起眼,也是对自己展现最少的。

不过我想,她最特立独行,当我将她同我紧张到了极点的女儿相比时,我感到一种刺痛。

“对于第一和第二名的得主,评委会会长说,评委们讨论了很久,两位选手都技艺不凡,对曲目有深度解读,给他们留下了深刻印象。最终作出的决定是:亚历山大·杂迦获得第一名,籁雅·梵特第二名。

“随后发生的是:杂迦跳起来,走上舞台,籁雅却坐着不动。我向她转过身。

“她那空洞的眼神,我永远不会忘记。那里是沉重的失望吗?或者说,那里包含着愤慨和恼怒,使她死死地坐在椅子上不动?

“玛丽把手搭到她肩头,示意她起立。她这才站起来,有些 129
笨拙地向台上走去。

“对杂迦的掌声已经消退,对籁雅响起的掌声有些沉闷,可以听到里面有些不满。也许只是惊讶,有些不很情愿,籁雅拉起两位选手的手,同他们一起鞠躬。看到我的女儿站在另外两位之间,在他们手臂下被迫弯腰,谁都能看到,她不愿意这样,看上去也比其他两位做得僵硬得多,这真令人难过,我感到很难过。站在那儿的她显得十分孤单,又孤单又受排挤,那是受自己的排挤;我想起第一次买到小提琴后,晚上坐在厨房里才发现,我们没有可以同我们一起庆祝的朋友。”

这之后,梵特沉寂下来,接着他睡着了。到了日内瓦,我直接驶往一家我熟悉的酒店,对他来说,要去书店并不是真的。重要的一直是,今天他不必回到没有籁雅琴声的寂静公寓里去。

我叫醒了他，把酒店指给他看。“我太累了，不想开了。”我说。他看着我，点点头。他知道我看透了他的心思。

“去圣雷米，这是我最后一次了。”进餐时，他望着远处的湖水说，“我觉得，是最后一次了。”

这句话可以意味着，他感到，他要从一种强制中解脱，不用
130 一次又一次地前往那个地方，不用再去看木柴垛后面弓着身子的籁雅了。也可以意味着，他与那个北非人的战斗终于结束了。但，这里面也可以有别的含义。我看着，看那星火光在怎样吞噬烟纸。这句话有何含义，从他脸色上还无能看出。这应该是结束时的放松呢，还是一个声明？

这时他摁灭香烟，说：“我根本没看见，他怎么走到我们餐桌这儿的；我说的是列维。他突然就站在那儿了，没打招呼，自信满满，这是个世界属于他的人。‘这个排名不公平，’他对籁雅用法语说，‘我为您争取了。’他有一个悠扬的嗓音，尽管说话声很低。籁雅咽下一小口唾液，抬头看他：只见他身着高档布料的浅色西装，裁剪完美，背心上露着表链，头发茂密，掺着白发，下巴上蓄着胡子，戴着一副金边眼镜，脸上刻着永恒的青春。‘您的演奏很精湛，很棒，是一个奇迹。’我看到籁雅眼里在闪亮，马上感到，她会同他走开，走进法语，走进塞西尔的语言。她好长时间没说法语了。

“就是这个列维，他把我女儿拐走了，拐进这个语言。从这时起，籁雅也用起了‘精湛’这个词，这个词我从没听塞西尔说过。不光是这个词，随之而来的还有别的，‘少有的、考究的’，它们构成了我女儿的新的生活空间。

“他的赞赏如同由顿音奏出，在我看来突兀、做作、自命不凡。单是这种语言态势，就足以让我与他对立。很久以后，又一次遇到他时——这次邂逅之后，一切又与从前不同了，我才突然 131
意识到，他的这种语言态势，就像背心、手表链、英国鞋一样，都属于他的风格。他的做派很像一个属于某个法国宫堡的人，他应对普鲁斯特和阿波利奈尔[1]了如指掌。这就是说，无论他到哪儿，他的周围总罩着一个宫堡，围着挂毯，以及有光泽、碰不得的精致家具。他若懂得什么不幸的话，那会是一个失望孤独的宫堡主人的不幸，因为他头上高高的木梁在发霉、腐烂，因为吊灯的黄铜架和玻璃不再光亮，污迹斑斑。

“‘我们俩，我们走，好吗？’他明明看到籁雅和我们都在进餐，这是他完全能看到的。‘很愿意。’籁雅说着，站起来。

“我立刻意识到，今后将总是这个样子：吃饭的时候，在大家中间，她马上会为他起立。他拉过她的手，做出一个吻手状。我惊呆了。他的唇与她的手之间，至少有十厘米。至少，十厘米。这只是一个仪式，一个模糊的吻的记忆。尽管如此，那也是一个纯粹的约定。

“这时，他转身对我们看了一眼，做了一个示意道别的鞠躬：‘玛丽，先生。’

“玛丽和我，把刀叉放到一边，把餐盘推开，就好像我们的时间突然中断了。籁雅走之前将身子转向我们，眼里显出一丝愧疚。然后，她跟列维走了出去，走出了她与玛丽和我一起拥

1　阿波利奈尔（Apollinaire，1880—1918），法国诗人，剧作家，艺术评论家。译注。

132 有的生活,走入了同一个男人的生活中。对这个男人五分钟前她还一无所知,这个男人将把她带到令人晕眩的高度,之后又会将她推到悬崖的边缘。我心里翻江倒海似的不是滋味,脑子里却是迟钝的无所思虑的沉寂。

“通过餐厅的玻璃门,我们可以看到列维在大厅等着籁雅。她来到他跟前时,已经穿上了大衣。她的头发,在这儿的所有时间里一直是盘起来的,现在散开了。盘起的头发好像是一团受到制约的、受控的能量,又好像是一个声明:所有的能量,所有的爱,都应在琴声中流动。现在随着披发勾勒出的波浪,不单是她的技能,她的身躯也流入了世界。我本来想,她的演奏也许会失去力量。但出现的是相反情况——她的琴声里新添了某些躯体的感性力度。可我仍常怀念籁雅冷静圣洁的干练,这种干练曾与她修女般的美丽匹配得很完美,只是它被长发的波浪冲走了。

“她与列维穿过走道,走入黑夜。一切都将不同于从前。

“我感到轻微的晕眩,好像餐厅、酒店以及这整个地方都在失去它们寻常的完整的现实性,成了一个噩梦的背景。

“现在我才注意到,玛丽的脸色发生了怎样的变化。她脸上发红,好像是在发烧,五官显露着某种不可和解的强硬。他叫她玛丽,他们显然认识。他投向她的一瞥里,没有温度,没有微笑;这是漫长的时光后,他通过这一瞥对她的问候。它当即勾起一些幽暗苦涩的回忆,也令她意识到,应对它们置之不理。

133 “‘他也是小提琴家?’我问。她把手举到脸上,呼吸有些不匀畅。然后,她看着我。那是很特别的注目,后来回忆时,我才能将它破译:那里面有苦与痛,也有钦佩的火花, 还有——我不知道——恐怕还有更多的。

“‘对,小提琴家。’她说,‘瑞士的小提琴家,尤其是瑞士法语区的。二十年前,没有比他更好的。那时,毫无疑问,大多数人都这么认为,他本人也这样认为。父亲很有钱,给他买了一把阿玛蒂小提琴。不过不单是琴好,还有手。那时,音乐会若是有他,组织者每次能卖出五到十倍的入场券。大卫·列维——这个名字当时拥有前所未有的光彩。’

“她点燃一支烟,然后用拇指轻轻擦拭着打火机,一言不发。

“‘后来,他来到日内瓦。在演奏贝多芬协奏曲中奥伊斯特拉赫[1]华彩乐段时,出现了记忆障碍,他匆匆离开音乐厅,报纸上马上充斥了有关报道。之后,他再没有登过舞台,有很多年没有他一点消息。有传闻说,他接受过心理治疗。后来,大约十年前,他开始教课。很快成为闻名遐迩的超级教师,他将整个人格魅力注入教学之中,他们让他在伯尔尼开大师班。突然,他又不干了,没人知道为什么。他搬回他在(瑞士西部)纳沙泰尔(Neuchatel)的房子。有时我会从他学生那儿听到一些消息,不过能做他的学生,都是很例外的情况。过去两三年里,我没听到过一点他的消息。没想到,他会坐在这里的评委会里。’

“她肯定,他会提出为籁雅授课:‘这能从他眼神里看出来, 134
从他看她的眼神。’她也肯定,籁雅会接受他的授课,‘我了解

1 奥伊斯特拉赫(Oistrach,1908—1974),犹太裔苏联小提琴家。译注。

她。这样，这就是我第二次输给他了。’

“在接下来的时间里，我总想问却没问成的就是，她第一次的失败是怎么回事。还有，是不是因为这个原因，她既不再独奏，也不再在乐团演出了。但总是在最后时刻，我受到了一些来自内心的阻止。一而再地，终于再没有了问的机会，因此，我永远没有得到答案。

“我们走到她房间门前时，她看着我。‘您也许想到的事，是不会发生的。’她说，‘我指的是他和籁雅。我敢肯定，他不是那种男人。’

“他不是那种人。在接下来的那些年里，我怎样经常地将这句话说给自己听！

“第二天，列维便带上她，开着他那辆绿色捷豹回纳沙泰尔了。

“‘这样，我们可以马上开始工作。’籁雅跟他散步回来，坐到我的房间里时这样说。外面下着雪，她头发湿漉漉的。我不知道，保持冷静会如此艰难。她看出来了：‘这……没事吧，是可以的，是吧？’

“我看着她，这张我熟悉的面孔，好像忽然成了一副新的模样。那曾是我小女儿的小脸，她曾在火车站里屏息聆听罗耀拉·哥伦的演奏；那曾是一张小女孩的脸，一张少女的脸，一个雄心勃勃的年轻姑娘的脸。现在她遇上一个可以让她憧憬光明前程的男人，所有这一切都在这张脸上，我应该禁止她吗？我
135 允许禁止吗？这会在我们之间产生什么影响？我甚至不能确定她没有做那事，那脸上有红晕，有能量，有希望。我不再知道我

说了什么。她把告别之吻印在我脸上时，我站着，呆若木鸡。她走到门口时，犹豫了一下，转了一下头。然后，走出了门。

“那个夜晚的大部分时间，我都坐在窗边，望着窗外的雪景。开始时我想，她会对玛丽说什么呢。可是，忽然我感到：她不会对她说什么的。不会有出自冷漠的粗声大气，不会出自不确定性、出自担忧及愧疚说什么的。因为她不知道，怎样将这些用语言来表达，再加上这个女人是她母亲的替身，做了她八年的北极星。我这样想的时间越长，越觉得可能出现的情况是，她一走了之，不去跟玛丽说什么。

“我心里很不是滋味。眼前似乎又看到籁雅在罗马给玛丽写明信片，还打去电话，通报明信片已在路上。她如果这样的话，那是懦弱。我为自己找起借口，但这种感觉依然存在。很多年后，这种感觉才淡漠了。‘荷兰人对什么都不退缩。’我父亲一旦看到懦弱，就会这样说。其实这是俗套、废话，特别是因为他自己就是胆小鬼，再说了，我们早八辈子就不是什么荷兰人了。可那天晚上，我又想起了他的傻话，我很喜欢这句话，即使实际上它只会使一切变得更糟。

“接下来出现的，正如我预料的，当我坐到早餐桌旁，坐在玛丽旁边时，桌上没有了第三套餐具。‘她才十七岁啊。’我说。她点点头。她是很伤心的，我的上帝，她真的很伤心。

“那次，坐旋转木马几天以后，籁雅收到一个小包裹，那是 *136*
一个金环，仅一个金环，里面没有一个字……籁雅当时那样子，
就像这会儿早餐桌上我看到的玛丽，她有一张通宵未眠、失望
疲惫的脸。

“籁雅眼睛盯着金环，一下也不碰它。她看了又看，眼里充满不可思议的震惊。然后，她站起来，椅子倒下，她跑进她房间，像个小孩子一样哭了起来。

“我觉得，我应该去她那儿安慰她。可是不行，就是不行。我自己如此困惑，结果只能让自己的孩子在公寓里独自哭泣，我自己穿过老城，走到了蒙比雍（Monbijou）区。我还是个小男孩时，曾躺在那里的床上，做着造假钞的梦。我不想负这个责任，我不知道怎样为他人承担责任。你为什么不能尊重这点呢，我对塞西尔说，这不光仅仅是说的事，你肯定能察觉，可是你为什么不懂。

“我们走向圣莫里茨停车场，走向我的轿车时，我注意到，玛丽受的伤害有多么深重。正要走过一辆绿捷豹，玛丽掏出一把钥匙，找出最尖的一头，很快在车体漆面上刮出一条道子来。走出几步后，她又返回去，用钥匙又划了长长的一道，从车尾一直划到前面的挡泥罩板。我简直不敢相信自己的眼睛，四下望了望，看看是否有人注意我们。一对老夫妇在看我们。玛丽把钥匙收起来。她脸上写的是，你们尽可以把我抓起来，现在反正什么都无所谓了。

137 “‘今天早上，她就跟他坐进这么个东西里，’我们出发时，她说，‘一句话没说，一句都没说。’

“一路上我们什么都没说，偶尔她会默默地擦去眼角处流下的泪水。

“我们紧紧搂住对方。是的，我想这是适宜的表达：我们紧紧搂住对方。那是一种苦涩的激烈的爆发，让人很容易认为是很自然的激情，连我们开始时也这样认为。直到其中的绝望不能再受到否认。从圣莫里茨回家的那个晚上，我和玛丽一起坐在沙发上，那里放有几个罩着擦光印花棉布的坐垫。她穿着一件浅粉色蜡染长裙，上面有优美的亚洲文字，像是用毛笔写的，此外，她还穿着我们第一次登门造访时穿的、就像第二层皮肤的软皮家居鞋。她到家时，放下行李箱，大衣还没脱，便直奔钢琴，那上面放着籁雅的乐谱。她把它们找出来，十分小心地归整到一起，然后把它们带出房间。有那么一会儿，她犹豫了一下，我以为她会给我，让我带走，因为在这个公寓，这些乐谱再不会用上了。不过她走了出去，随后我听到另外房间里的拉抽屉声。”

梵特陷入沉思，把脸转向湖面，闭上眼睛。他此刻面对的画面，他一定见过千百次了。这一定是一幅影响力极大的画面，想起往事，他仍然很心痛，以至他讲述起来，还有些犹疑不定。

“籁雅一直在腮托上垫着那块白布。这种白布她有很多， 138
可以买到这种白布的商店是我们一起找到的。

“其中一块她放在这里的窗台上。玛丽再次进屋里来，环视一圈，发现了它。她把它拿出屋。我敢肯定，她不想让我看见，可内心的愿望又是这样强烈，因此这一幕出现了，她出了门，可还在我视野里：她闻了闻那块布，然后将它捂到鼻子上，另一只手也加了上去，压到脸上。她稍微有些摇晃，站在那里，沉浸在籁雅的气息里。”

他从没给我看过玛丽的照片。可我仍能看到，她的脸埋入白布的样子。我只需闭上眼睛，就能看到她。她那浅蓝色的眼睛，无论看到哪儿，都如此专注倾心。

“我们猜她裙子上的文字是日文还是韩文。玛丽吹灭了蜡烛。这里曾充溢着籁雅的琴声，此时，我们一起感受她留下的空旷。然后，我们紧紧搂住对方，突然地，激烈地，直到天开始发亮，才把对方放开。”

他笑了，就像汤姆·考特尼的笑，不幸之中的笑。“这是因为第三者的爱。双双遭到遗弃的爱，是为抵抗别离苦痛建起的堡垒。这其实不是对对方的爱。这份爱，在我这边，拖延了九年才被经历，它一直处在拖延认知的阴影里，这是个使感情越来越淡漠的阴影。那她呢？难道我只是一个将她与籁雅联系在一起的纽带？是个担保籁雅没有完全离开这个世界的人？对我们
139 俩来说，同另一位拥抱已是很久以前的事了。她要用我的渴望遏制她对籁雅的渴望吗？我不知道。我们能知道什么？

“大概半年前，我从远处看见她一次。她现在五十三了，还不算老女人，但她看上去有些筋疲力尽。‘谢谢你当初把籁雅带到我这儿。’我们最后一次见面时，她这样说。这句话总压迫着我的喉头，我总想听到这句话。直至现在，有时醒来时，还会觉得我在梦里又听到了它。

“她理解都发生了什么吗？先是同籁雅，后来同我？这就是玛丽。就是总要搞明白的女人，富有理解激情的人。她总要知道，人们为什么要做他们做的事，并且要仔细地了解清楚。可是这一次，也许她一点都不想知道了，也许这一次她只需要堡垒来抵抗遭遗弃的痛苦，堡垒不是用来理解的。除了分手时的那句话，我们再没有提籁雅，一次也没有。最初，她在我们之

间，以她蓦然的缺席，呈现出来。渐渐地，这种缺席状态也消失了。在玛丽的空间里，籁雅成了幻象。”

梵特从厕所回来后，我们要了第三瓶葡萄酒。大部分都是他喝了。

“我不想把责任推到列维身上。对籁雅，他就是不幸，一个巨大的不幸。就像一个人结识了另一个自己，很可能就是一场灾难似的。

“是的，今天我才认识到了这点。当时可不是这样。她每两天就得去一次纳沙泰尔，这让我烦心。他不是那种人。我想，玛丽是对的。我静候时机，寻找迹象。她要买衣服，但我不能跟 140
着。还要买香水，进门之前她把口红擦掉，但我还能看到。她又长高了一些，越来越丰满。每次从他那儿回来，带回来的宫府堡气质也越来越多，那是宫堡的辉煌，在我的想象中，这个宫堡现在已经扩充到了整个纳沙泰尔。就好像，这座城市长了一层铜绿，那是尊贵的锈迹，那是在列维教授下的小提琴演奏带来的。我恨它，恨这种自负的、臭烘烘的、带着臭钱气味的铜绿，我讨厌籁雅取得的没完没了的进步，我讨厌听她说‘那，我走了’，那语气里我能听出法语味道，就是她同列维说的法语，我恨她的火车联票，恨她那个用旧了的小时刻表；不错，我恨列维，大卫·列维，她叫他大卫。一次，我再也无法控制自己，翻了她的东西，我发现一个笔记本，在一页纸上，她写了好几个：籁雅·列维。

“尽管如此，我担心的没有出现，否则我会注意到的；我不知道凭什么这么说，不过我就是会注意到的。相反，她身上出现了某种令我高兴放心的倾向，那是一种谁都能感到的轻微的、很轻微的过敏烦躁，它往往出现在：如果期待已久的事情，尽管尽了最大努力，尽管已排除了所有可能与不可能的障碍，尽管满怀希望与耐心，但一切仍不能如愿的时候。

"'今天我不去了。'一天她这样说，口气里有的正是这种烦躁。

141 "为了庆祝这件事，我自己进了电影院。说出这个真令我羞愧，对自己我也感到羞愧。

"两天后，她又去了，回来时用法语道了一句晚上好。

"我顿时觉得自己是个鲁莽之徒，此鲁莽并非慢慢腾腾的伯尔尼人似的，而是——糊里糊涂的，完全糊涂的，一个又笨又傻大的荷兰人似的鲁莽。我这样的人却拥有一个生活在金碧辉煌的法国宫堡世界里的光彩夺目的女儿，这完全不似我应得的，完全是搞错了的产物，一种过失造成的，这个过失在列维出现后，显现了出来。我慢腾腾地穿过大学的一个个空间，走错了一次又一次。我偷偷地把自己的名字按法语发音念出来，还有一阵子，署名时我将自己名字中的 j 省略不写，使它看上去如同一个法国名字。

"直到有一天，这种心态转变了过来。我开始抑制那个块头又大又笨又傻的荷兰人形象在心中出现，那是在自负的列维光耀下，在我心中臆造出来的非常真实的反面形象。我父母对荷兰的一往情深，既奇特滑稽，又毫无意义，因为这个缘故，还给我起了第二个名：格里特；于是，我的全名是马亨·格里特·梵特。这个名字让我一看就烦。这名字特立独行、断断续续，听起来就像一个锯子在纷纷爆碎的油漆中嘎吱作响。不过现在，我偏用它来署名，赢得了不多惊异、发问的目光，我以挑衅的皱眉做答，结果没有任何人敢问什么。

“着装上我也有意穿得粗糙拖拉，尽可能穿松垮的裤子、皱巴巴的夹克和衬衣，鞋子也是穿旧了的。这还不算，我还去了 142
阿姆斯特丹，装成荷兰人，说着几句破碎可怜的荷兰语，把自己搞得比可笑还可笑。我躺在那里的床上，彻夜无眠，籁雅和我好像成了陌路人。我想起曾生活在这里的曾祖父，他是一个欺诈有方的银行家，这座城市的人曾被他成群成群地逼上倾家荡产之路。我还想起，自己曾想成为一个造伪钞者。我常站在运河桥上，看着下面的流水。可是，没用，水太浅。

“籁雅对此什么也没说，尽管我暗暗希望，她能知道这暗示着什么。只是这样做样子有什么意义呢，如果她不知道这是做样子的话？这是一个尝试，要通过自我摧毁，战胜自己的痛苦。我在万般无助中，要通过自我伤害来对感到的冷落做出应答——因为心灵上的痛苦，如果自己也需负一定责任的话，总比只由他人造成的较容易承受；如果她不明白这点，做样子又有何用？

那个时候她眼睛里只有列维。她生活在纳沙泰尔，在伯尔尼，她只是人在，而且随时都有可能奔向火车站。突然——不管怎么说，我这么觉得，——她说布普利兹[1]时，让这个城区名听上去闻所未闻地可笑。它不像由塞西尔嘴里说出的、那种带有

1　布普利兹（Bümpliz），应为籁雅与父亲居住的伯尔尼的城区名。译注。

爱意的可笑，而是带着轻蔑的可笑：怎么可以在有这样名字的地方居住？真是不可思议。重要的地区都有法文名称，所有名
143 称之中，最响亮的是带着贵族气息的名字：纳沙泰尔。有时我想象着她站在月台，等着回伯尔尼的火车，不安地算计，还需要多少小时，她才能下火车。接着，在我的想象中，站在月台上的她心里有一千个一万个不愿意，它们表现在：用脚在水泥地上敲出不规则的难听节拍，那既是渴望的、又是不满的、不耐烦等待的节拍，是无意义的不快节拍，所有的都变得没了意义，除了大卫。

“后来有一天，大约在圣莫里茨参赛一年后，我回家时，从她的房间传出了新的琴声。身体的反应要比大脑快，我把自己锁进厕所。他为她买了一把新小提琴——另一种解释不能存在。我们一起在圣加仑买的那把，对大卫·列维的学生已经不够好了。

“我费力地想找出这新旧两把琴的区别，只是中间隔着两扇门，很难听出什么名堂。我一直等自己呼吸平静了，才走到籁雅那儿，去敲门。从前我们一直这样做，从来没有问题。可是现在，因为列维，敲门也变了样：为进入一个陌生的世界，我必须请求得到允许。门那边传来宏大有力的琴声，在这扇将我隔开的木门前，我感到了心跳，而且我感到：又有了新变化，这些变化会让籁雅离我更远。

“籁雅脖子上显出许多红斑，她的眼睛闪烁着，像在发烧。她手里拿着的小提琴，是令人惊讶的黑木做的。再多的我也不
144 知道，我没有仔细查看过，偷偷的也没有。一想到他的指纹会

留在上面,他手指上的油脂和汗水现在会让籁雅沾上,我就感到恶心。尤其是他那双手。一次,我在伯尔尼的一个巷子,看见他走过,过后睡觉时,我梦见他拄着一根拐棍,一瘸一拐地走着,银色手把处已经没了光泽,显得很旧,已由老者的酸性汗液蚀褪了颜色,那双老手,满是皱褶。

“籁雅看着我,眼神有些不安:‘这是大卫的小提琴。他送给我了,是尼古拉·阿玛蒂在克雷莫纳亲手做的,1653 年做的。’”

十八

接下来我可以想起来的,是梵特在被子上的那双手。这是一双强有力的大手,手背上覆着细毛,有裂隙的指甲引人注目。这就是他用来做实验,用来移动象棋棋子的手。这就是在籁雅小提琴的琴弦上按了一次,而且仅按了一次的手。这就是他用来做了什么,毁了他的职业生涯,以至于现在他只能住两室公寓的手。这就是当对面大货车开来时,他不再敢用的那双手。

在日内瓦酒店,我们房间之间有一扇连通门,起初没有引起我注意。后来我听到有门把的声音。这恐怕是一道双门,因为我这边没有出现变化。我等着,耳朵离开木门一段距离仔细听着,直到听到梵特的鼾声。这个声音越来越均匀深沉的时候,我轻轻打开了我这边的门。他那边的门是敞开的。衣服很随便 *145*

地放在椅子上，衬衣扔在地板上。先前，他一边喝一边讲，一边讲一边喝，我觉得很惊奇，他喝了那么多酒，精力还能这么集中，后来，忽然间，他瘫软下来，不再说话了。我倒不用扶他，不过我们花了很长时间，才走进自己的房间。

他还拿出籁雅的照片让我看，那是她第一次在学校登台演出的前一个晚上照的，那次演出莫扎特回旋曲时，她出了错。如果她是我的女儿，我也会把这张照片放在钱包里。照片上这个苗条的女孩身着一袭黑色长礼服，披着暗色长发，清晰度较低的照片上，她好像被涂了一层金粉。匀称丰满的嘴唇上有一点胭脂红，这使她有些接近孩子气的年轻女士的形象。她那一双灰、也许还有些绿的眼睛，带着讥讽味道，有些卖俏似的，这个十一岁女孩，显示出了令人惊讶的自信。俨然一位等着舞台灯光照射过来的年轻女士。

这已经是个可以让人爱上的女孩了。可如果看到籁雅十八岁的样子，这种感觉会强烈得多！取出照片时梵特有些犹豫，开始时，他把钱包放回兜里，后来又掏了出来。“这是他送她提琴不久前照的，就是那个该死的阿玛蒂琴。”

照片上，她站在宽敞的走道里，一侧是布置得很典雅的宽敞的公寓，她靠在带镜子的柜子旁，这样可以让人通过她的肩头，看到她细长脖子上面盘着发髻的头部。

146 这个发髻我不知道该怎样解释为好，它并未使她显老，或有点显老，相反倒使她看上去像一个敏感的女孩，一个很懂礼仪、纪律严明的女孩，很愿意令所有人愉悦的女孩。不是女才子，不是脸色苍白的学习尖子，一点都不是。相反，那是一个优雅的年轻女士，身着裁剪合体的红礼裙，细窄皮带上的磨砂金扣，更是精致秀美；那匀称丰满的嘴唇现在不再属于一个孩子气的女士，而是一位女士的，一位似乎对她的魅力从不知晓的女伯爵的。她眼里留有热忱的痕迹，那里面有两件我从没想到可以汇到一起的事情：一是孩子般令人疼爱的幼稚，一是令人冷颤的果决的严格要求。梵特是对的：这不是傲慢，不是自高自大，那是严格要求，既是对她自己的，又是对他人的。是的，这就是那个因为演出时出了错，恨不得把提琴扔向观众的女孩。是的，这就是那个年轻女士，正吃着饭，就能起身离开，把玛丽——她少女时代的爱晾到一边，就因为出现了列维那样的、以贵族式法语向她许诺光明未来的人。

为了看清楚这眼神中的每一个细节，我把照片举在离眼睛很近的地方，梵特渐渐变得不耐烦。他看着我，他本来愿意，或者根本不愿意让我这样为他的女儿画画，随着时间的延续，他开始后悔，他的眼里出现了危险的闪动。他还在她身边，还在 *147*
他们的公寓里，他的吃醋可以在任何时刻如一缕火苗腾起燃烧，这种状况还会持久存在。

他的眼里在要求着什么，我把照片还给了他。真是个汤姆·考特尼，我只是点点头。此时，每个字眼都可能是错的。

我轻轻关上我这边的门，如果他正好醒来，不应被吓上一跳。他那边浴室的灯还亮着，光线穿过门缝射到一面镜子上散射开来，使一部分房间弥漫着光亮。我想起一个几十年没有再想过的问题，就是用来为怕黑的孩子通夜照明的小夜灯。它是个乳白色的玻璃灯泡，每天晚上母亲会将它拧入天花板灯的灯门。我看着她在我面前,怎样用手拧着灯泡。那个拧动的动作里,写着信任。这个信任就是,这双手会永远为我驱逐恐惧,只要我愿意。

我用一把斧头把小夜灯打碎了。在地下室的一个废物箱里,我翻到它,把它取出,放在一块木头上,然后啪唧一声,它碎成一片。这是一个死刑。当然不是对母亲的信任,而是对自己的盲目信任,它不仅在母亲那儿——在母亲那儿的不是什么特别的,而是在对所有的一切上。更好的解释,我不知道应该是什么。

从那时起,我只信任自己,直到那天早晨,我把手术刀交给保罗之时。几天之后,我做了一个梦:保罗口罩上的眼睛不再
148 有震惊,而只是惊奇,或无法度量的惊奇……或是高兴,高兴这一切终于发生了。一次,他们正有客人,我走到花园想一个人待一会儿,他妻子海伦找到我这儿。过后我想,对此我有什么错?她是波士顿人,保罗也知道,这当然不能成为原因。

我有过朋友吗,我问自己,真正的朋友?

现在呢?现在,隔壁房间躺着一个人,他睡觉时,得开着门,亮着灯。相反的情况会怎样?如果能信任马亭·梵特,又会怎样?他还戴着婚戒,那是塞西尔给他戴上的。塞西尔也知道,他不想对孩子负责。

如果伯尔尼或纳沙泰尔下起雪,有时他会租上越野滑雪板,驾车驶向高山地区。他要寻找自信,那只能在宁静中找到。他问自己,他应怎样不受籁雅影响,继续生活,还有他的职业生活问题。研究项目的掌管大权早落到了露丝·阿达的手中,他只

负责署名。他希望对需署名的文件内容有所了解，想翻开看看，她站在他身后哼道："签名吧!"他把项目申请撕了，她就阴笑。

过后，他第一次想到吃药片，躺下，睡去，让白雪盖上，好像一切都不曾发生。最后一刻，他还是想到了籁雅，她需要他，尽管有列维；也许有一天，还因为有列维。

我无法入睡，我必须阻止这事。我似乎觉得，这维系着我自己的生活。

突然，我希望我能让时光倒流，回到圣雷米的那个早上，那 *149*
个有位坐在小摩托车后座上的女孩的早上。那是乡村旅馆中，昏暗光线下，手捧毛姆小说的一个美好的清晨。

现在是早上四点，我不能给莱斯丽打电话。再说了，我能说什么呢。

我走到前厅，又漫步在带橱窗的酒店拱顶走道。我熟悉这家酒店，但还没去过后面。结果，我发现了一个图书馆。把灯按亮，我走了进去。几米之长的书架上，有西默农[1]的书、城市指南、斯蒂芬·金的书，一本关于拿破仑的书，一些阿波利奈尔作品选，罗伯特·弗罗斯特[2]的诗集。还有《草叶集》，那是惠特曼用整个一生写作的。

我不会是醒着的，因为一切在我都不似从前，

1 西默农(Simenon,1903—1989)，比利时法语作家。译注。

2 罗伯特·弗罗斯特(Robert Frost ,1874—1963)，美国诗人。译注。

或者我是第一次醒来，之前所有的一切
都为温和的睡眠。

我感到一阵饥渴，对惠特曼的饥渴。坐进一把扶手椅里，我读起惠特曼，直到窗外天明。我用舌头读。我要活，要活，要生活。

十九

列维把籁雅培养成了巴赫小姐。巴赫小姐，报纸上经常出现这个称呼，开始时出现在后部，字号较小，后来，字号越来越大，文章也越来越长，还加上了照片，照片也变得越来越大，最后她那张小提琴上方脸部特写的照片，登到了报纸首页。这一
150 切在梵特看来，都像是某种时间性的定格聚焦，在其势不可当之中隐藏有某种不幸。他问我，是不是看出什么来了。“我不读报纸，”我说，“我不关心记者想什么，我只想了解事实，就像办事处报告那样干巴巴的事实；对这些事实我该怎样对待，这个我自己清楚。”他看着我，笑了。这句话听上去可能有些稀奇古怪，因为他差不多向我讲述了他的所有生活故事，可我还是第一次感觉到，他喜欢我。不仅因为我是个好听众。

列维把他的小提琴送给籁雅几周后，就是第一场登台演出。一切显示出，他在音乐界影响力很大，不论在纳沙泰尔，在比

尔，还是在洛桑。演出大获成功，赞誉声一片。这个年轻女孩对约翰·塞巴斯蒂安·巴赫音乐清晰明了的演奏，令所有人赞叹倾倒，琴声在越来越满的大厅中响彻，人们好久没有听到这样的演奏了。记者们写道，在她的演奏中蕴藏着巨大的能量，梵特甚至读到他在圣莫里茨想到的一个词：圣洁。

他每篇都读，收集的剪报越来越多。对每一张照片他都仔细端详。籁雅的鞠躬越来越自信，越来越有淑女风范，越来越规范化，笑容也越来越沉着、放松、有形。对他来说，女儿也越来越陌生了。

“当她说出一句她出自回忆的句子时，我会很高兴，觉得在巴赫小姐背后，她仍然是我的女儿，仍然是那个十年前和我一起站在火车站，听罗耀拉·哥伦演奏的那个小女孩。”

只是有时还让人感到担忧，那是很深的担忧，它来得越来越 151
频繁，越来越令人压抑。有些日子里，籁雅说漏嘴的情况比平时更甚：“我告诉技术师了，这大厅里灯光太暗，太暗了；如果我能看清台下每张观众的脸，就好了。”“你想想，驾校教练问我这是小提琴还是中提琴。他连这两个有什么区别都不知道。他整天还听歌剧呢，他特别喜欢一个秘鲁新歌手，是个低音男中音。”“灌制唱片合同的事，大卫一贯正确；可他为什么每次都记不住，我受不了烟熏，这家公司又没有谁关心这件事。”这样的日子里，这位父亲感到，出了差错的不仅仅是女儿的语言，还有她的意识。他找来有关书籍来读，还格外小心地不让籁雅看到。

其实没有必要，因为对父亲做的事她似乎不再有一点兴趣了。对此，他绝望已极，甚至开始在公寓里抽烟，希望她至少会抗议。可是什么也没有发生。他不再吸烟，请人给整个公寓做了清洁卫生，籁雅还是只字未说。他出差了，去参加一次会议，在外面停了几天，为了把玛丽和另外一个女人忘掉。“你可是出门了好长时间。”籁雅说。她在纳沙泰尔过夜了吗？他可不是能问出这种话的男人。

梵特被籁雅学校的校长请去谈话。还有半年籁雅就该参加高中毕业总考了。她的情况不很乐观，特别在那些需要聪明才智的科目上，那些需要苦读的科目更是灾难性地糟糕。她差得
152 太多，缺课太多。当然校长对她很理解，很宽容，他也为这个巴赫小姐骄傲，整个学校都为她骄傲。只是他不能违反所有规则。校长希望，这位父亲能同女儿谈谈。

要是同玛丽还有联系就好了。可是对籁雅来说，玛丽已经有两年不存在了。圣莫里茨之后，梵特曾问过籁雅，想不想去玛丽那儿坐坐，聊聊，不谈过错，只聊聊。她什么反应都没有。

从玛丽到列维，她心里一定出现了一个巨大位移。他很想理解她。难道他就不是能理解这些事的人吗？塞西尔——这个常笑话他天真的很懂世故的女人，对此会理解吗？

他试着同卡塔琳娜·瓦尔特谈。“是啊，是啊，玛丽·巴斯德。对，对，玛丽·巴斯德。”他没把她曾经的话忘记，所以他犹豫了。她当即站到列维一边：这是很自然的脱离过程，一个正常化过程。再说了，这个男人又是位大才教师！

这是一个正常化过程。梵特坐在那个北非人对面，任他透视般的眼光扫来的时候，又想起这句话。

玛丽不复存在了。难道他应该克服心理障碍，去找列维谈

话？“喂？”列维在电话里说，“你的演奏很精湛。”梵特仿佛听到了这个声音，他又挂上电话。

他找籁雅谈。更确切地说，是对她讲话。他坐到她房间的椅子上——他很久没有这样了。他讲校长找他谈话，讲校长对她的关怀与愿望。他告诫她，又是威胁，又是乞求。我觉得，他主要是乞求，就为了她能通过高中毕业考试。也许她可以中断 *153*
一下演出，停一停。如果她愿意，他可以同她一起补习功课。

至少暂时管了点用。她在家的时间长了些，他们又常在一起吃饭了。梵特心中又燃起希望，也希望重新找回与她的亲近。离统考只有几个星期了。然而，消息传来，最后一次考试结束后的第二天，她需同瑞士法语区乐团在日内瓦参加大型巴赫E大调小提琴协奏曲的演出。此时正是领取成绩单的时候，她却得赶紧坐上火车，前往日内瓦，到那里参加排练。

当问她一些历史知识和化合物构成时，她会突然两眼发直，一言不发。梵特很为她的大脑担忧。不过，这并不是愣神，她只是忽然想起了日内瓦和她不想让他失望的著名的乐团指挥。他能从发直的眼睛里看到担忧，他只能再次诅咒她的名声，诅咒约尔，就是那个给她报名参加圣莫里茨小提琴比赛的老师。

接着那一天出现了，梵特成了让-路易·坦帝纳特。那天夜里，他仿佛看到坦帝纳特坐在塞西尔旁边，手持方向盘，开着他那辆脏污的赛车，从蔚蓝海岸朝巴黎一路飙车，开了一整夜。不过在我想象中，坦帝纳特有着汤姆·考特尼的面孔。他抽烟，抽得很多，烟雾缭绕，遮着他的视线，熏着他的双眼。我觉得，从伯尔尼驶往纳沙泰尔的路上，他头痛得厉害，朝短路拐弯，刹车时车轮直叫，大灯开着，一路诅咒，闪在眼前的一直是12：00，这是籁雅考生物的时间，他得去截住她，把她接回来。
154 幸运的是，一切还可行。看到考试时间表放在厨房桌上，他顿时心惊，遂想到籁雅很可能搞错了，已经去了纳沙泰尔——因为小提琴不在家，他心急火燎地把车开到因斯火车站，她应该在车上，可他眼睁睁地错过了那辆车，只好驶往纳沙泰尔。中间一次他下错了道，还得转回来，纳沙泰尔火车站没有停车场，该死的出租车司机，他想并入他们的车列，就是不成功，火车到站已经有几分钟了，得找到大卫·列维。他忙乱地翻电话簿，想让出租车司机告诉他路怎么走，却只见到讥讽的笑容，摇动的脑袋，他闯了一个红灯，漫无目的地拐了一个弯，遇到一位识路的警察。很快，他看见了她，脖子上挂着小提琴。

她一脸困惑、执拗的样子，不相信，也不想相信。至少得跟列维解释一下。在下下个房子前她按了门铃，列维穿着睡袍。下身倒都穿齐了，不过反正还穿着睡袍。“很抱歉，我搞错了时间。”那法语他一半是听到的，一半是从嘴唇那儿读出的。她致歉的眼神，让他感到何其卑微，她的手向他的方向示意，从列维的眼睛里看不到确认的意思，看不到问候。车门打开，放入琴箱，投上一个责备的眼光，好像一切都是提琴的错。赶紧读：孟德尔、达尔文、DNS、核酸酶、核仁、核苷酸，拐弯时她得抓紧扶手，表盘上的时钟打发走了一分钟又一分钟，突然，她失声痛哭起来，肩膀抽动着，俯下身去，头落到两个膝盖之间。

他把车停到学校拐角处，拥住她。他用宝贵的分分秒秒搂
155 着他的孩子，她断断续续地讲出了她的害怕、担忧，怕考试，怕

日内瓦的演出，怕手湿，怕列维的评语，还怕在酒店房间里一人的孤独。梵特擦了擦眼睛，当他讲述这些时。

慢慢地，她稍稍平静下来。他给她擦去眼泪，理平头发，在她额头上亲了一下。“你可是籁雅·梵特。”他说。她笑了，像个遭遇海难的幸存者似的。走到拐角时，她挥了挥手。

几条马路之外，一个安静的停车场上，梵特自己终于撑不住了。他关上窗户，他不想让人听到他在哭。他动物般地哭嚎起来，把一切都哭了出来：他对籁雅的担忧，对过去时光的怀念，对自己的孤独的哀伤，对那个穿睡袍男人的吃醋和仇恨——就是他，用那把尼古拉·阿玛蒂小提琴把她拴住了。他打开琴盒，有那么一刻，脑子里闪过一个疯狂而荒唐的念头，他要把提琴放到车轮前，从上面开过去。然后，开进高山，躺进雪里。

哭完了，没时间回家了。干脆在路边水池子洗了洗脸，去接籁雅。她通过了考试，虽然成绩不很好。她搂住他的脖子，一定察觉到了残留下的泪渍，看着他：“你哭了。”她说。

他们开进玫瑰园去吃饭。他原本希望，吃饭时他们会谈谈
让他们哭出来的情感。可是，当点过菜后，籁雅拿起手机给列 156
维打电话。“就一小会儿。”她说，带着歉意地。“对不起，今天我搞错了……不是，是口试……对，通过了……不是很好……好，尽快。”很快还不够，还得尽快。这个丑陋的小字眼已经把一切都毁了。梵特讲到这里时，好像他听到了那个该死的音节。订的餐一半留在了桌上，然后两人一起默默开车回家。感情的硬壳又一次合上了，他们俩的。

最后一次考试结束后，他又一次打起精神，开车把她带到日

内瓦。音乐会开演前,他又把她送去。走在街头巷尾,他看着海报上写着“籁雅·梵特”的名字。对这些海报他也变得爱恨交加。有时,他的手从光滑光亮的纸上,轻轻抚过,又有时,他若觉得周围没有人看见,他会把海报抓下,撕成碎片,似乎是孤注一掷地要毁掉女儿的名声。一次他让一个警察逮个正着。“我是她父亲。”说着他拿出身份证。警察望着他,一脸疑惑:“女儿这么著名,您是什么感觉?”“不容易。”梵特答道。警察笑起来。接下来梵特又为这件事成了笑话生气,他朝地上吐了一口唾沫,被那位一直站在边上的警察看到了。一时间,他们对视的眼睛都像是正面对着敌人。不管怎样,这是在梵特身上发生的事。

他已经好长时间没去籁雅的音乐会了。在大厅里看见列维一头掺着灰白色的长发,他就受不了。现在还是受不了。还好,
157 他还是做到了把那头发忘掉。因为女儿现在的演奏,他好像是从未听到过的。在圣莫里茨时,就没什么可指摘的。那时他想过:这是一座音乐大教堂。可跟现在这座比,这座籁雅用阿玛蒂音响建造的、响彻在整座日内瓦城和所有水域上空的教堂比,它已成了小教堂了,现在这座才是真正的音乐大教堂。在这位父亲看来,现在只还有这座由明洁、幽暗夜空转换成乐声的大教堂。建造这座神圣的宏伟建筑的,让尼古拉·阿马蒂在1653年制作的这把无与伦比的乐器发出如此乐声的,正是籁雅的手,这双有着玛丽般沉稳的手。在此,那腮托上的面孔,那面孔上的眼睛大多是合上的。从圣莫里茨的那个晚上起——那晚餐桌旁边突然冒出一个大卫·列维——籁雅再没有在下巴下用

过白布了。现在用的颜色,籁雅叫它浅紫色。他对这块垫巾作了一番研究,找到了他要找的:鲁克·布兰科,纳沙泰尔——这是以小小的黑体字印出的厂家名称。现在籁雅下巴下垫的正是这厂家的产品。她的面部肌肉随着音乐变化着,既出现在旋律变化时,也出现在技术难点处。他想起,几天前这张脸是怎么变了模样,湿湿地靠在他脸颊上,又想到那个“尽快”。此时,列维一动不动地坐在第一排他的座位上。

在她鞠躬前,第一眼投向了他,那里是爱意绵绵的学生的感激与自豪。乐队指挥做出一个手吻示意。她同首席小提琴手握了握手。梵特坐进车里时才知道,让他感到别扭的是什么:这种握手是可预见的,可怕的可预见性,好像籁雅已被带入一个
巨大的齿轮系统,这就是巨大的音乐会企业机制,现在她得做 158
出所有的规定动作,完成为她规定的弹道曲线。她的鞠躬,她那在跺脚与吹哨中的反复鞠躬也是同样。这位父亲又想起她第一次在学校登台演奏时的鞠躬。那鞠躬,既优雅,又带有羞涩,这种羞涩再也没有了——它让位于明星的光耀。

列维比这位父亲动作要快,先到了籁雅跟前。他们俩向他走来。“大卫,这是我父亲。”籁雅对那个将纳沙泰尔变成了一座可恶宫殿的男人用法语说。列维脸上的表情很轻松,保持着一定距离。这两位不同的男人伸出了手。列维的手是冷的,贫血的。

“很精湛,是不是?”他说。

“圣洁,天堂般的。”梵特说。

很久以前他在字典里查过这些词,为有朝一日遇到女儿像神一样推崇的精湛老师时,做些准备。他向一位说法语的瑞士

女友征求意见时，她笑起来。“这很有诙谐的味道。”她说，“特别是‘天堂般的’，我的上帝，在这样的场合说‘天堂般的’，精湛！”

偶尔他还对相遇做过想象，在想象中这些词并不令他满意。现在他们来了。籁雅的脸上既有对这种诙谐的恼怒，又有对父亲的骄傲，她没想到，父亲还有这样机警的语言能力。“现在得去一个庆典，”她有些迟疑地说，“我可以坐大卫的车，他反正得去伯尔尼。”

159 她称他大卫，梵特坐上车后想，不过至少用的还是您。他感到列维的手冰凉，道别时他不得不又握了一次。籁雅没问他是否也想来参加庆典。他当然不会去的。不过他也不愿意被排除在外，不愿意被籁雅排除，特别不愿意被她排除。他想起玫瑰园，想起她打电话时的动作。那个动作就像一堵墙，那堵墙每秒钟都在长高，她在那墙里欣喜地期待着列维悦耳声音的出现。这回他又输了，在这半夜时分，她恐怕正坐在列维的绿捷豹车里。

梵特没有说，但我们俩都知道，他此时想到的是玛丽的那只手——那只手用尖利的钥匙头在绿捷豹车身上划出长长的一道。

马亭，我能看到你怎样飙车驶向因斯，驶向纳沙泰尔，你的眼前有你女儿，有你的目标。我也看到你怎样在夜里从日内瓦开回伯尔尼，没有妻子，没有速度，没有目标。有点像汤姆·考特尼，当他第二天不得不回到沉重难挨的刁难之中时。得胜了有几分钟，失败却是若干年。

二十

回到家，梵特吃了一片安眠药。他不想听到籁雅回家的声音。第二天一早，她为两人准备了一桌早餐。这是他第一次拒绝女儿的和好举措，他站着喝了一杯咖啡。

“我得出门几天。”他说。

籁雅眼睛里满是不快，这在过去几个月从没出现过，过去的 *160*
那些日子里她只表现出一切都无关紧要。

“去多久？”

“不知道。”

“去哪儿？”

“不知道。”

她眼睛眨了眨：“你一个人？”

梵特没有回答。这也是第一次。

她的眼睛在说：跟玛丽。她一定已经感觉到了。只是她从未说过什么。但是她感觉到那是肯定的。玛丽已经成了禁区，成了伤害、过错和尴尬的结晶点。他从来没有想过，他和他女儿之间还会出现禁区。在火车站那天，看了罗耀拉表演后，她对他护卫举动表现出抵触拒绝——那是自我意愿觉醒的表现，他感到伤心，不过他还是学会了去理解、接受，最终还能促进它，就像对从那时起她发展出的其他独立性。然而，关于玛丽的话题却形成了禁区,成了隐晦的冰期。他们之间出现这种状况,令他内心非常纠结。

“嗯,我走了。”他临别时说。他能肯定,而且非常肯定她知道:他在用她的惯用语,每次动身去纳沙泰尔时她都这么说。她站在走道里的样子,好像很失落。这是一位很快会在她的信箱里得到高中毕业证书的女孩,一位名字在所有广告圆柱上、在所有报纸上可见到的明星;还是一位学拉小提琴的女学生,她爱自己的老师,即使她从不被允许留下过夜。看到她失落的
161 样子,梵特呆住了。他差点把门关上,坐回早餐桌旁。可是,前一晚上庆典的事,的确有些太过分,他走了。

这一切是他在早餐时告诉我的。他敲的是我的房门,不是我们之间的通门。他敲了很长时间,因为我想着惠特曼诗句睡着的时候,差不多八点了。早餐时间已经结束,不过我们说服了服务员。现在,我们都穿着大衣坐在湖边,准备出发,但还不能走。他不想回到充满沉寂的两个房间,而我害怕伯尔尼。将会发生什么呢?难道我们应该在我家门口道声再见,然后,他驾车驶向他那轰隆震响的大货车禁止通行的“伯尔尼路”上的公寓吗?我该怎样对待他的不幸?对于我的认知,他又会怎样对待?如此这等亲近关系,就这样突然中断,这难道不是太可怕,太野蛮了吗?这不是太糟、太不可能的吗?还能是什么别的样子吗?

因而,我们继续坐着,冻着,望着天鹅。接着,梵特讲起,他是如何又打起精神来的。

“很长时间过后,我才慢慢打起精神。才感到,露丝·阿达

把我置于多么渺小的地步。最初是我带着旅行包坐进办公室，发现我的桌上空空如也：因为我很少到办公室，他们干脆把我的东西拿走，自己去处理了。我简直不再知道，我的研究所到底是怎么一回事了。”他把烟头弹进湖水，接着说，“当我望到远处轮廓清晰的群山时，我想明白了，这对我没什么不好。不管怎样，我说服了自己。搞假钱也好，自由自在也好，不管不顾也好，眼睛一闭，爱怎么着就怎么着，凭什么不行呢！可是事实并 162
非如此。事实是，我感到，我的尊严处于危急之中。尊严，这可是一个很重的词，狂热的词，但这是一个适宜的词，我从没想过还会为此费神，也许还因为那个日内瓦的晚上。我不知道。写字台上空空如也，这可不是什么滑稽的事。我走了。”

他没有去高山地区，他乘火车驶往米兰。

“我没带进剧院的合适衣服，再说，我也没有。可第二天晚上就有人站在我面前，问我要不要买米兰斯卡拉大剧院的票。是《伊多梅纽》[1]。我听任被宰，而且被宰得非常狠。就这样籁雅演出两天后，我穿着破旧衣服坐进了米兰大剧院，观看乐池里小提琴手的演奏。我想象着籁雅坐在里面。不知怎么闪出一个念头：她将在音乐学院学音乐专业，现在我的女儿已经成年，可以通过音乐会演出，通过灌唱片挣钱，接下来，要对她慢慢放手，最终列维也会成为过去，她会有自己的公寓，会对自己负责任，获得自由，这样我们俩就都自由了。我又看起歌剧《伊多梅纽》，我搞不清楚都发生了什么，不知道听上去到底怎样，不过

1 《伊多梅纽》(*Idomeneo*)，莫扎特作曲的歌剧。译注。

它还是一个很了不起的歌剧，一个让我从责任中解放了的歌剧，这责任是塞西尔托付给我的，为此，我几乎焦头烂额了。

“问题只是我不相信自己，可又不愿意正视它，因而我说服自己，拿出新的干劲，对付这种自我欺骗。

163 “我让自己先在意大利北部享受了几天，走访了几座城市，还有加尔达湖。感到自己是个终于找到了对待成年女儿方式的父亲，是一位站在人生新阶段之端的男人，全身心地享受着自由，收获着女人的目光，还有年轻女人的。换了一个新旅行包。

“然后，买了一本关于克雷莫纳小提琴制作艺术的书。那里有阿玛蒂、斯特拉迪瓦里和瓜奈里家族。我记得还很清楚：站在收银台前时，不能说特别开心，好像面对着阴险可怕的未来的海浪，好像这本书把我置于一个什么东西面前，那是一个漩涡，我会在那里消失殆尽。但我对这个感觉一点不想深究。我要把书带给籁雅，这是一个和好的姿态，一个慷慨大度的姿态，通过对阿玛蒂的接受，也把列维捎了进去。

“回来后，可以说，我又拾起自己的本行。我比别人早到办公室，也总是最后一个离去。我让他们送来过去几个月的所有文件资料，要求他们向我描述实验结果——正是因为这些结果我们得到了经费，并且详细询问新项目的具体细节。我放低语调，话语简短。他们开始对我的精力和注意力感到害怕——这是他们差不多忘掉的。接着，纰漏见光：经费预算错了、评估错了、课题错了。两名雇员的合同需延长，我拒绝签字。当我发现露丝·阿达在我的权限内签署了文件，我打电话给人事部门，澄清事实，让事情得到重新处理。我让露丝来见我，把烟雾吹到她脸上。她想抗议,不过我这仅仅是个开始。有人要进屋,我说:‘现在不行。’我说话时一定是一副斩钉截铁的样子,她脸色 164 变得煞白。我把一沓纸拉到跟前,那是我干到深夜的工作。她认出了那沓纸,倒吸一口长气。我历数她的错误决定,一个又一个。她想罪加于我,说我总不上班。我把她的话截断,看着她,我后脖子上又感到她的呼吸,那是她对我不屑地说‘签名’时我的感觉。那天我把经费申请撕成碎片时,她就是一脸阴笑。我给她读错误预算、错误前提、对资料的错误说明,我一个接一个地念给她听。我反复念,找出重点来强调,我要击败这个露丝·阿达。因为没有落入她超短裙的陷阱,她永远不会原谅我。寒风吹过过道,这风令我很享受。

“这还不算完。我钓了大鱼,在工业界赢得了几千万法郎的研究经费。离开董事会会议之后,在升降电梯里我乐得想站稳都成问题。我的冷静发挥了作用,我看着他们的脸,结果他们把数额一个劲儿地抬高。这不是欺诈,整个事情是有风险的,这还是轻微的说法。

“所长找我谈话,向我祝贺征收到如此高的研究经费。‘小孩玩意儿,’我说,‘没什么特别的。我指的是我的研究。对任何人都没用。没有它也可以。’他很快克服了我带给他的震惊,放声大笑起来。‘我还真没看出,您这么会搞笑!’我做出一张非常严肃的面孔:‘这可不是搞笑,我可是认真的。’接着,我试着像在一位喜剧演员那儿看到的,突然爆笑起来,以至于那非常严肃的表情显得不过是这种爆笑的开端,我干脆敞开大笑, 165 所长也跟着大笑,我把笑声加高,还发出怪声,他也跟着发出怪声，其声之响，好似要让整个大学楼都听到，我把声音再次加高，然后我发现，这怪声真能让人笑死，我笑出了眼泪，最后所长也找出手帕。‘梵特，’他说，‘我一直知道，您是高人，所有的荷兰人都是高人。’这话如此可恶！烦人，该死，我又开始呼哧带喘，于是我们开始了新一轮的怪叫。临别时，他想了解莫扎特小姐近况。‘是巴赫，’我说，‘约翰·塞巴斯蒂安·巴赫。’‘这正是我要说的。’他说着，拍拍我的肩膀。

“下次见面时，我们该做什么呢！”

二十一

一月五日，是籁雅二十岁的生日。三天之后，列维告诉她，他马上要结婚，并要同新婚妻子出门旅行。这就是灾难的开始。一般来说，他与籁雅在圣诞节与新年之间也要练琴，新年过后，一切恢复正常。而这一次圣诞新年之间没有练琴，梵特也没过问，他为此还心怀感激。这次他又可以在家为圣诞节装扮一番，籁雅也来帮忙，不过她显得心不在焉。令父亲心头响起警铃的是：她没有练琴，听不到琴声，一睡睡到大中午，一副
166 坐立不安的模样。在米兰买的那本关于克雷莫纳的小提琴制作史的书，他送给了她。她把它放在桌上几天了，没拆包装，后来才打开来读。她先读了尼古拉·阿玛蒂的故事，她的小提琴就是由他的双手制作的。梵特感到，她脸上又有了些颜色，她还

一直想着列维，尼古拉·阿玛蒂只是个替身。她说："就是这个阿玛蒂，他把尖式的维奥尔琴式改成了现在小提琴的模样。"父亲跟她一起坐在厨房桌子旁边，跟她一起读有关小提琴的知识。这里包括主体尺寸、涂料要求、每一部分的木板厚度、F孔和琴头的形状等。现在放在音乐室的那把小提琴，是一个大号阿玛蒂，她以前对这个名称不了解，也不知道由于其音响，它还被称为莫扎特小提琴。她的脸颊开始放光，脖子上显出几块红斑。随着每个微小细节的出现，纳沙泰尔变得越来越近。这让做父亲的感到难过，不过他仍坐在那儿，与女儿共同研究阿玛蒂家谱。

瓜奈里·耶稣是一个名字。在这一年的最后几天里，坐在厨房桌边的梵特还不能预料，对他们来说，这个名字背后藏着怎样的不幸；还不知道，它对他们俩意味着怎样的灾难。开始时这只是一个让籁雅很感兴趣的名字，一个使她暂时忘记阿玛蒂和列维的名字。忽然，她眼睛里、语音中出现了一个全新的天然的好奇，这里面再没有了纳沙泰尔的地方。她研究起这个家族的家谱。安德烈是祖父，儿子朱塞佩·乔瓦尼的名字后，加上了"安德烈之子"字样；安德烈之子的儿子就是巴托洛梅
奥·朱塞佩，他制作的小提琴，标签上写着约瑟夫·瓜奈里，后 167
面还加了一个十字，及IHS三个字母，即IN HOC SIGNO——"以此标志"。正是由于这个原因，他后来被称为瓜奈里·耶稣[1]。

1　瓜奈里·耶稣（Guarneri del Gesù，1698—1744），意大利克雷莫纳的小提琴制造大师。译注。

籁雅很喜欢这个别号，她对它的喜爱，令梵特想起玛丽把十字写在她额头上的情景。曾有一个危险时刻，他很想向她过问这件事。幸运的是，籁雅正读到了什么令她快活的事。

“爸爸，你看，尼科洛也有一把瓜奈里·耶稣！别号大炮。他把它遗赠给了热那亚，在这座城市的市政厅还可以观赏它。我们可不可以去那儿看看？”

当天梵特订好飞机票和酒店房间。他们将在热那亚封着尼科洛·帕格尼尼小提琴的玻璃窗前度过籁雅的生日。还有什么比这更适宜的事情吗！这是再好不过的生日礼物。更重要的是：这么多年之后，他又可以同女儿，只有他们俩一起旅游了。上一次，因为籁雅想回到玛丽身边，不得不中断。对此，这位父亲发誓，这一次绝不能中断，必要的话，要让籁雅的手机丢失。一想到旅游，他就很高兴，他高兴得给籁雅买了一个豪华型的、当时商店里最贵的行李箱，另外还买了一本热那亚的大画册、一张城市地图。这个新年就从热那亚开始，而且同他的女儿一道，这一年本该成为事情向好的方面发展的一年，他很长时间没有这样充满信心了。

168 突然，籁雅不想去了。她更想去纳沙泰尔，去那儿参观一个在报上读到的展览。梵特瞥了一眼新行李箱，整个事情就像一个梦，时间一到，荡然消失。“我觉得，我从没这样失望过。”他说，“就好像我撞上了一个看不见的防弹玻璃，整个脸都很疼。”他退了酒店房间，撕了飞机票。他在籁雅生日那天，早早去了研究所，在电脑前一直呆到深夜。在此他第一次想到，一个人搬到另一个公寓去住。

三天后，她从纳沙泰尔回来，身边没有了小提琴。她挨了雨淋，头发垂在脸上一绺一绺的。不过这并不是令他惊异的，令他惊异的是她的眼神。

“很迷茫，对，只能这样描写，那里是迷茫。那是一个显示着可怕的内在混乱的眼神，它显示着她的心理平衡已经完全失去，沉浮在受伤的潮涌之中。最可怕的一刻，是当她的目光扫过我的时候。‘哦，你在那儿。’那眼光似乎在说，‘你待这儿干嘛，你又不能帮我，你是个废物。’她一身湿乎乎地就盖上了被子，连鞋都没脱。我把门推开一条缝，她正趴在枕头上抽泣。”

梵特坐到厨房桌子旁边，他等着。他尝试着整理自己的感情。她跟列维决裂了，决裂得竟然把那把小提琴也送了回去。他想对自己保持诚实，不想否认感到的轻松。就是说，这个关系结束了。那，现在呢？她的职业生涯，她作为音乐家的生活也 *169*
结束了吗？人们会看到，尤其会听说，她不再用阿玛蒂的小提琴演奏了，那把圣加仑小提琴音响不能响彻音乐大厅。撇开这个不说，现在谁来为她安排音乐会呢？

他忘了把安眠药藏起来。籁雅找到了药，好在盒子里剩下的不多。他发现后，马上叫醒她，煮了咖啡，和她一起在公寓里走来走去。药剂使控制功能变得低下，让她暴露出她的原始、粗陋、杂乱的一面。列维将她的新娘介绍给了她。“不就是肥胸脯、大屁股吗！”籁雅哑着嗓子喊。她只想让列维难受，别的也没什么。梵特把这些话告诉我时，显得不那么容易说出口，他犹豫的样子显然说明，籁雅一定还说了什么别的。看到自己视为神明的女儿竟能如此粗俗，这位街巷里长大的父亲，大为震惊。他感到,他将她想象成仙女了,想象成一个很有个性的仙女,对所有污秽及庸俗都陌生的仙女。另一件让他震惊的事,在日内瓦音乐会上已让他震惊过的,即籁雅与首席小提琴手的握手:她竟然做了这样事先完全可以预见的事情。还有她一再出现的对妓女暴怒的侮辱性语言,也是成套成套的,可以预见,那就像肥皂剧中吃醋的发泄。他从纳沙泰尔飙车到伯尔尼后,将哭泣的女儿搂入怀里,他享受着。现在,他却得在公寓里拉着她踱步。自她出生以后,他头一次感到对接触这个困倦躯体的不情愿,这个躯体也可以做出粗俗的、可预见的事情来。

170 我想到第一次听莱斯丽说“他妈的”和“母狗”的情景。当时正在看电视,我也吃了一惊。“长大了。”乔安妮笑着说。

“我们大多数说的,都是可预见的。”我说。

梵特吸了口烟,望向湖面。“这有可能,”他说,“别的情况也许也不会存在。尽管如此,她说的很多话,都可能是随便哪个喝醉酒的编剧放进她嘴里的,太可怕了,很烦人。就好像我当时拉着在公寓里走的不是籁雅,而是随便的一个年轻女孩。我们之间本来就很陌生,现在又加上了这个。”

几年后,籁雅已住进圣雷米医院,受着马格里布人的照料,梵特给列维打了一个电话,要求同他面谈。像第一次给他打电话时一样,当他听到那个悠扬的“喂?”时,吓了一跳,不过这次他继续说了下去,然后前往纳沙泰尔。列维的妻子既年轻又美丽,她的像就挂在墙上,她同籁雅在吞下药片后训斥的女人一点不沾边。他们向他讲述了那个悲剧性时刻——籁雅差点造成百万美元的损失。当列维给她介绍自己的新娘时,她手里正握着阿玛蒂小提琴。

“她的眼神……我肯定能估计出一些，”列维说，“我朝她走了几步，这样在她摔小提琴前，刚好可以抓住她的手腕。这可是关键时刻，最后的时刻。她放开了小提琴，我的另一只手正好把琴接过来。它可比这里的一切都值钱。”他做了一个把整个房子都圈在一起的动作。

回来的路上，梵特回想起，他的小籁雅在演奏莫扎特小提琴 171
回旋曲出错后，恨不得将小提琴扔到观众席里的往事。还想起迪努·李帕蒂的唱片，籁雅把它扔到窗外，塑料盒落到柏油路上，发出可怕的劈里啪啦的声响。

眼下重要的是，要接受每一天，不管它是什么样子。这里包括分配管理他争取到的那大笔款项，现在对之放任不管，是他无论如何承受不起的。露丝·阿达会利用每一个机会实施报复，他一天给家里打好几次电话，以确保籁雅没做什么蠢事。工作时，头痛越来越厉害。

一天，一大早，他已经候在库姆霍兹音乐商店门口，想在第一个顾客出现前，同卡塔琳娜·瓦尔特说几句话。其间很长时间过去了，因为她对籁雅换提琴老师——由玛丽换成列维——说的那些话，好像暗指某种患病状态得到了结束，令他一直耿耿于怀。她一直从新闻报道上跟踪巴赫小姐的发展，还欣赏过一次她的音乐会。在日内瓦的音乐会，她在电视上看到了。梵特对她讲述的籁雅的精神崩溃，令她大为吃惊。

“她二十岁了，”过了一会儿，她说，“一切会过去的。音乐会嘛，当然一段时间内不会有了。安静一段时间对她应该是好事。其他的音乐会代理人,到时候会打电话找你们的。”

梵特感到失望。他到底期待什么呢?他能指望什么,如果他隐瞒了最重要的事情?

重要的事是,籁雅的神智在错位。狂风骤雨的不只是她的
172 感情,在那乱成一团的情感深处,还形成了一个可将思维能力随之卷入黑暗的漩涡。

有的日子里,一切似乎又恢复了正常,然而其代价是对时间的否定。接着籁雅讲起纳沙泰尔和列维,好像一切都还同过去一样。讲的时候根本没意识到,这些与现实不再切合,现实是,她不再去那里,也不再有阿玛蒂提琴。有时为想象中的音乐会,她会买些新衣服回家。那都是些缀着闪光亮片的破烂的礼服,看上去放荡低俗,对任何音乐厅都不适合。或者,她穿上一件能让父亲脸红的小衬衣,在公寓里跑来跑去。这还不说,还得涂上唇膏,把嘴唇鼓捣得好像肿了起来。她读的报纸是前天的,但她也不会察觉;她也很少知道,当天是星期几。她总将《伊多梅纽》与《费德里奥》[1]混为一谈,还将车臣共和国与捷克共和国相混淆。她开始抽烟,甚至在公寓里抽,她又受不了烟味,一个劲地咳嗽。“今天我在城里看见卡罗琳了,我不可能把一切都忘了,”她说。“约尔已经退休,现在他终于达到目的了,他一直很喜欢教课的。”她还说:“莫扎特对乐谱上要求的速度一直很认真,这对他并不那么重要,乐谱对他来说总是太快,比他对它速度的要求要快。”

---

1 《费德里奥》(*Fidelio*),一部贝多芬作曲的歌剧。译注。

梵特经常在研究所待到深夜。这样他可以趴在桌子上，任泪水流淌。

他从没想过找心理医生问询一下吗，我问。当然想过。可他不知道该怎样对她讲，又不会使她火冒三丈。他惭愧已极，我觉得。

他惭愧？这是贴切的表达吗？如果别人了解到，灾难使他 173
同他女儿结合到了一起，他会受不了的。他不会容忍别人打探他的隐私，即使是医生也不行。此外，如果连他，连做父亲的他都不能理解自己的女儿，一个陌生人又怎么能理解？他对她当然了如指掌，因为这二十年来他每天都能看到她，他了解她生命中的每个岔路、分支和弯道。

根本原因又只是一个：他不想看到那种陌生人的目光，那种他人的一目了然的目光。那会是毁灭性的，不论是对籁雅，还是对他自己。就像他体验到的那个马格里布人的目光，那是一双阿拉伯黑眼睛，他更想在厌恶中迎上这目光，最好能把它逼回黑眼睛里，一直逼到后面，直到它消失。

除此之外，还有一件事加强了他的信念，即籁雅和他完全可以自己战胜危机。有一天，他看见一个遛狗的小女孩，女孩任狗舔她的手和脸。这时他回想起，籁雅小时候也从动物那里体验过亲近、喜爱。他同她去了宠物店。晚上，她就给狗喂上了食物。

她马上缠住了这只动物，这是一只黑色刚毛犬，它使她平静了许多，有时她好像完全解脱了。她常对它轻言细语，此情此景之下，当父亲的差不多忘记了她的暴躁和残忍。如果有陌生人对狗走得近了些，她会马上警觉起来，这时她的目光，既敏锐又强硬。

174 她对狗爱护有加。当爸的放心了不少，药片危机总算过去了，她不会对狗不管不顾的。可是慢慢地，不知不觉之中出现了新危险：她从一个保护者成了一个需要在狗那里、就像在成年人那里寻求庇护的孩子。籁雅不再蹲到狗身边，或坐在凳子上抚摸它，而是不管多脏多乱，动不动就跟狗一起坐在地板上，她的头跟狗头靠在一起，一条胳膊还搭过去，把它搂住。梵特没有马上意识到发生了什么，占优势的感觉总是轻松：她有安全感了。戏剧性的事显然少不了发生：狗喘不上气，或者感到被强迫时，干脆脱身走开。

“尼基，”她又失望又有些烦躁地说，“你干嘛走开啊。”

这个名字是这只狗一贯熟悉的，在父亲面前她没叫过它其他名字。可有一天，梵特从她门口走过时，通过半敞的房门他听到，她叫它尼古拉，或者尼科洛，这种名字串联，让他好似受到电击。在办公室，他试着平静自己的心绪，想把问题想清楚。为什么不能把它当作一个简单的、无关紧要的、有趣的语言游戏呢？可如果是语言游戏，为什么要偷偷摸摸？这算偷偷摸摸吗？就算有些过分，就算出自模糊不清的情感，她将这只狗与阿玛蒂和帕格尼尼这样那样地连到了一起，为此真应该担心吗？她有点不正常，思想混乱，不过不是疯了。

175 梵特专心工作着。一个担忧却突然在心头高高窜起来，就像喷泉：如果她真疯了，该怎么办？如果这无关紧要的名字游戏，昭示着后面的精神错乱，昭示着她内心世界的一切，发生了有如构造性地震似的错位呢？

就在这时，在他心头诚惶诚恐之时，露丝·阿达一定刚好进屋来。她一定穿着实验室的白大褂，手里拿着一串钥匙。这时，在梵特也一定发生了什么——比他说的要多的——他的话本来不很多，且吞吞吐吐，我能从他闪亮的眼睛和沙哑的声音中感觉到。这位女助理，就是如他刚才在这儿所说的被击败的那个，呈现在他面前，一副精神科封闭病房里、威严无情的女监管的模样。我用“呈现”这个词，就是说，她好像一个表象，一个魔鬼般的显像，这是一个要将他和他的女儿送到阴森高墙后面的精神病院里去的形象。

梵特把她推了出去，差点置她于死地。办公室门的巨响几乎能让整座楼听见。如果在他心里某处，在某个密室里，曾有过征询心理医生意见的心理准备，从此时起，这间密室的门便被永远地封上了。

“精神病院，精神病院。我怎么能带籁雅去精神病院。”

我们走了一阵，又在日内瓦湖畔站住了。这残酷的话语像一把刀，他用它一次、两次、三次地割向自己。我想起他讲到去
阿姆斯特丹时说的话，他讲到运河水很浅，讲到他穿旧衣服做 *176*
样子，把自己扮成马亭·格里特·梵特，扮成粗笨的荷兰人，来与列维光耀的形象相抗衡的那些话——因为心灵上的痛苦，如果自己也需负一定责任的话，总比只由他人造成的较容易承受。

“我怎么能带籁雅去精神病院。”他用的是现在时态。一个可怕的现在时态，不仅因为那是对籁雅死亡的否认，还因为那里有愤怒的颤抖，这愤怒既无助又冰冷，这是对那北非人的愤

怒,是他阻止了他同自己的女儿接触,使她的存在只能通过这种时态选择得以接受。不! 对那个有白大褂、钥匙串、到处插着插销的精神病院,是不能考虑的。

不能考虑精神病院,即便籁雅去找玛丽后,精神彻底崩溃了也不能。梵特远远地望到,她肩膀上挂着那把老提琴,手上拉着拴着尼基的皮带。看她上了有轨电车,他马上这样想到:她要去找玛丽。他心里一阵紧缩,赶快跑到出租车站,坐上出租跟着她,就像跟着一个夜游者,要保护她,怕她摔倒。

他藏到玛丽房子的街对面,看着籁雅迈着犹疑不定的步伐,头很特别地低着,走向玛丽的房子。黄昏已经降临,他注意到,玛丽窗户后面没有灯光。籁雅犹豫着,好像想转身往回走,可还是按了门铃。什么反应? 她摸了摸狗,等了一会儿,又按了一下。梵特喘了口气:到现在为止,还算顺利。只是,虽然狗在拉
177 绳子,籁雅并不想走。相反她取下肩上的小提琴,坐到门前的台阶上。此时,在这降下的夜幕中,这对父女一言不发,都在等着,他们中间隔着一条马路,说不好什么时候,玛丽就会出现。

他应该去那儿带她回家吗? 应该去提醒她玛丽怕狗吗? 如果她没带那把提琴,也许他就这样做了。然而这把提琴意味着,她不只想同玛丽谈话,她还想上课,这意味着她想让时光倒转,希望一切还似从前。没有在圣莫里茨的离开,没有关系破裂,没有大卫 · 列维,没有纳沙泰尔,她想回到玛丽的蜡染裙子跟前,想再次泡进擦光印花棉布之中,如她曾想过的。

梵特感到:她坐在那儿,坐在台阶上,如同坐在悬崖边。她蹒跚于时间之中,或者更确切地说,她不理解时间,她没有时间

感了,她有的只是这个心愿——同玛丽重归于好,这个女人就是她送给她金环的、从罗马给她寄了许多明信片的女人,就是在她每次演出前,在她额头上划十字的女人。

这个当爸的不想成为将这个希望与心愿揭穿、踏碎,让她今后恨他的人。

玛丽把车停在房子前面时,已经过十点了,夜色已深。梵特睁大眼睛盯着,眼睛都流出了泪。狗跳起来,被皮带拉回。玛丽退缩着,吓了一跳,愣在那儿。现在籁雅就站在她对面,看着她。梵特很欣慰,夜色很黑,令人看不清眼神。可是,也许这样
更糟,因为还得想象,女儿的眼里是恳切的乞求,对她来说,玛 178
丽是最后的救星。

梵特想走过去,跑过去,去帮女儿。但那样的话,一切会更糟糕。所以他干脆望着夜色,想听听玛丽说什么。她会首肯的,总不能关系沉寂三年之后,一句话不说,就从籁雅身边走过,走进房子,让大门在身后关上吧?或者真会这样?

玛丽站在门前,好像已经把钥匙插进钥匙眼儿了。籁雅退到一边,她拉着套在尼基脖子上的绳套,让玛丽走过,为此她不得不压到旁边的灌木上。这让做父亲的有点心痛,自己的女儿这样退退缩缩,像个没权利站在那儿的奴隶。这时,他听到她在对玛丽说什么。门已经半开,后面的灯也亮了起来,玛丽转过身看着籁雅。马路上驶过一辆车。“……这么晚……很对不起……”这就是他能听到的。籁雅让狗走开,自己差点儿让带子绊倒,她张开了双臂。看到女儿这样急切、恳求、渴望的动作,当爸的一定心如刀绞,他看到,她不知道该进还是该退,看

到她在做着可笑的尝试,要从时间里走出来,从所有的她对他人所作所为的事情中走出来,她想在受伤最少的地方,继续生活下去。

从大门处射出的光线里,玛丽的人形似乎直立了起来,显得非常高大。梵特领教过这个挺直身子的姿态,知道它的厉害,他感到害怕。她说:“不行。”接着又一个:“不行。”然后转身进门,让门在她身后自动撞上。

179 籁雅在门前站了很久,眼睛望着大门。门后面,灯灭了。灯灭了,对这位父亲来说,就好像是,他女儿的希望与未来也遭到了毁灭。这时音乐室的灯亮了,玛丽的身影依稀可见。梵特想起,很久以前,很久很久以前,他是怎样经常地观看那里的皮影戏的。那是玛丽和籁雅在那个房间里一起演的,她们用手势交流,让他有种被排除在外的感觉,她们的亲密关系曾让他那样妒忌。而现在,站在外面的是籁雅,她被关掉的灯排除在外,这个被推到后面的小女孩,她踉跄着,随时都可能倒下,不论是躯体,还是心灵。

她朝一个错误的方向走去。那不是回家的路,也不是可以知道的去其他什么地方的路。梵特的心再次紧缩起来。他真实的女儿形象被一个想象中的形象叠加了上去,她沿着这条马路走去。她走,走,这条笔直的马路,无终无止,籁雅继续走着,狗已经不见了,女儿的形象渐渐变浅,越来越透明,明亮,仙女一般美妙缥缈,然后消失了。

这幅画变得越来越刺眼,终于他要把它甩掉时,就好像他短时间内大病一场,刚刚醒来似的。

"后来,我醒着躺在床上时,"他说,"还在想,自己的精神状态怎么也这么变形。这件事很奇特,'害怕变疯'这个念头差不多让我惊慌失措。事实上我自我感觉不错。那并不是什么快乐感,而是一种知足感,就是当我开始变得也像籁雅时的感觉—— 180
就算这听上去很怪。或者,也许我不该说像她,而应该说,变得相适应了。对,对,就是这种感觉。在我的想象中,籁雅的那条路没有终点,越来越没了颜色,这是远离现实的象征,这个远离正在我女儿那里不断扩展。这很危险,我也能感到。但这种情况是有的:自觉自愿,甚至心满意足地走向悬崖。"

接着他给我讲起《末路狂花》[1]。影片中两个女人的车在峡谷边飞驰,后面的警察紧追不舍。通过几句话和目光交流,两个同案犯达成共识,她们手手相握,最后以共同的心愿,驶向致命的自由。

"那两只手的镜头,"他说,"是我所知道的最美的电影画面之一。它看起来既轻松,又优雅,就像两只相握的手,一点没有绝望已极,更像是很幸运。那是可以赢得的幸运,只要你肯付出,甚至付出生命。那是大胆、果敢、闻所未闻的舍卒棋路,它使这两个女人出类拔萃,所向无敌,尽管只在她们生命中的最后几秒钟里。"

是的,马亭,这是一幅让你陷得很深的镜头。我还能看到你的手在我面前,当大货车以势不可当、可碾碎一切的架势隆隆驶来时,你的手怎样离开了方向盘。

---

1 《末路狂花》,一部 1991 年上映的美国电影。译注。

当时，梵特截住一辆出租车，让车绕着楼区开，与籁雅保持距离地开。“喂，爸爸！”她只这样说了一声，然后同尼基一起坐
181 到后面。她一点没起疑心，看上去只当是一次偶遇。他们默默地坐车回家。他做了饭，可她只愣着坐在晚饭前，一点没碰它。第二天早上他醒来时，听到走道里有声响。一个角落里，籁雅搂着尼基坐在地板上，在哭泣。他把她抱上床，坐在扶手椅里等着，直到她睡着。同她谈话成了不可能的事，“她的内心无法抵达，谁也不能。”他说。

二十二

那个清晨时分，一个念头攫住他的身心：要为籁雅买一把瓜奈里·耶稣小提琴，不论价格如何。

这把琴——他一定是这样想的——定会让女儿再次振作起来，会为她带来自豪与自信的精神状态——那才是她的本质。这样，她漂泊不定的意念会重新受到锚固。她会再次站到舞台上，用圣洁的音响建造她那无与伦比的大教堂。籁雅·梵特——他又会骄傲地读到这些发光的字眼。坐在观众席上的不会是大卫·列维，也不会有玛丽·巴斯德，而是他这位父亲。至于如何筹措资金，来购置这世界上最贵重的小提琴中的一把，他还没有明确计划。但他会做到的，他要以大胆举措，阻止女儿滑入黑暗，将她拉回健康世界。

要理解这个决定，得看看这些背景：厨房桌上，他和籁雅一起阅读了那本关于克雷莫纳提琴师的书，以瓜奈里取代阿玛蒂的想法便会油然而生；还有要胜过列维的愿望，要看到女儿重回舞台，让她的眼睛再次闪光的抱负；还有那个令他心神不宁、不可抑制地要击败所有对手，重新获得女儿的爱，并持为己有的愿望。 182

这一切都经过了我的脑海。尽管如此，若想理解梵特接下来的所作所为，若想真正理解的话，还必须看到他，听到他，甚至——尽管这听起来很古怪——闻到他。也可以说，必须先感受他，感受这个高大笨重的男人，感受他举起扁瓶烧酒的固执的样子，那是孤注一掷的赌徒形象——内在比外在的成分要多；还必须听到他说出心爱的神圣化的名字"籁雅"时，其嗓音的震颤；以及，当他提到玛丽和列维时，发出的完全不同的颤声；需看到他放在被子上的那双大手，闻到带有酒精酸味的呼吸——那气味充溢了那夜晚的整个房间，屋里还有浴室射出的保护性的光线；"该死的，我们都知道什么"——他的话音也必须听到，即便这话在记忆中比在现实中出现得还要频繁。所有这些都必须体验了，才能对当时所发生的获取印象，获取决定性的印象——是的，正是这样，他当时只能这样做，不可能是别的样子。

我闭上双眼，想象着浮现在眼前的他，我想：马亭，当时你一
定是这种感受，一定要这样做的。因为那是你的内心节律。当 183
然，通过籁雅的手便能发出动听音乐的珍贵小提琴，瓜奈里·耶稣不是唯一的，但其他的不会让你去玩荒唐的纸牌游戏。一定只是瓜奈里·耶稣，让你铤而走险，因为这个名字将籁雅绑

在了厨房桌子边上,分散了她对阿玛蒂和列维的注意力。要想得到帕格尼尼拥有的那样的小提琴——他那把现在展出在热那亚市政厅,就要不惜一切代价。在那个朦胧的清晨,在籁雅床边,你首先设想了怎样去偷展柜里的小提琴,对此我丝毫不感到惊奇。那可是一把瓜奈里·耶稣。我同你在一起还不过三天,但对你不考虑其他小提琴,一点不感到吃惊。

二十三

东方泛起鱼肚白的时候,梵特已坐在计算机前。最初的几个步骤相当容易。几次点击后,搜索引擎把他带到所需信息的页面。一共有 164 把登记在案的瓜奈里·耶稣小提琴,供货商却只有一个,在芝加哥。要了解价格详情,需先登记成为这家互联网公司的成员,这家公司汇集所有古乐器信息。他犹豫了。如果他将信用卡号码输入,意味着只花去几美元,不会有别的。尽管如此,当他最后决定登记时,还是有种感觉——有可能发生不再能控制的事情。

184 小提琴的价格是一百八十万美元。梵特给卖家发了一封电子邮件,询问如果他想买这把琴,具体的购买事宜。但此时芝加哥还在夜里,最快的回复也得在傍晚了。

籁雅中午醒来时,好像什么都没发生。她好像既想不起去找了玛丽,也想不起半夜搂着狗的事。梵特吓坏了。精神瓦解成碎片，其间的序列没有连接的事情，这在以前还从没这样明显地出现过。当他听到她给卡罗琳打电话，约见面时间时，他又感到一阵轻松、高兴。

办公室里，他将募集到的数百万经费的文件仔细查看了一遍，当感到他瞒着自己，从一开始就打算用研究经费来支付小提琴费用时，他颇感震惊。他看了一眼屏幕上的数额，他需截下支付小提琴分期付款的第一部分之一半的款额。这意味着，还需推迟一些项目，以便交付第二部分。他朝窗户望去，思考着。一名员工进屋来，瞟了一眼屏幕时，梵特吓了一哆嗦，尽管那上面没有什么值得怀疑的内容 。当屋里又是他一个人时，他用密码封上了整个文件。然后，开车去了图恩(Thun)，去了一家他知道名字的小型私人银行，开了一个账户。

"我再次走到马路上的时候，我的感觉就像卖了股票，为籁雅买小提琴的那次，"他说，"只是这次的感觉更强烈。虽然我 *185*
还没做什么不对的事，而且一切又可以一下被推翻。"

他一回到研究所，露丝·阿达就抱怨因为密码问题，她进不到有数据的页面。他冷冷地说了句为了安全，她追问时，他只摇头。之后，他把她的话和眼神在大脑里过了一遍，不会的，她不会起疑心的，她又不能看到他心里去。

傍晚，芝加哥回信了：小提琴已于几天前售出。回家的路上，梵特既失望，又轻松。图恩的银行资料他藏进了卧室，危险似乎已不再存在。

那段时间，卡罗琳常来找籁雅，然后俩人一起出门。梵特比较放心了。也许他在籁雅找玛丽的这件事上，想出了太多戏剧性的内容。她在尼基那儿找安慰,这不是很自然吗?

一天,他在城里遇见卡罗琳。可不可以一起喝咖啡,卡罗琳怯怯地问。然后,她说,她对籁雅很担心。他暗暗吃惊,开始他以为,卡罗琳察觉到了籁雅精神分裂的状况。不过,不是这种情况。卡罗琳担心的是,籁雅对音乐会、对荣耀登场、对怯场、对掌声的回忆。她们在一起时,籁雅说的只有这些,她可以没完没了地说。说的时候,能忘却身边所有的一切,置身于过去的时光,精神焕发,眼睛闪光。她可以一边望着咖啡馆窗外——好像那里是她想象中的未来,一边设计着音乐会节目表,一个
186
接着一个。到结账的时候,一切又消失了,她似乎不再知道她在哪里,忽然,在卡罗琳看来,她好似一位经历了沧桑岁月的老妇人,临别时还对她说:"卡罗琳,你会帮我,是不是?"

梵特和卡罗琳站在马路上,她看到他还想问什么。"她觉得,您是不反对的。我指的是,她不再参加音乐会演出的事。因为大卫,就是那个大卫·列维,您从来都不喜欢这类事。"

梵特在研究所待了一整夜,他先要抑制自己对籁雅的恼怒。您是不反对的。她怎么能这样想!因为他有许多场音乐会没去?——那是因为不想看列维掺着白发的脑袋!他在办公室里走来走去,一边望入城市夜景,一边在心里与籁雅对话。他同她谈,同她讨论,直到怒气消去。只是一个可怕的感觉还是留了下来,这便是对她来说,他显然成了陌生人。罗耀拉·哥伦在火车站用她的琴声将她从呆滞状态唤出时,他可是站在她身边的人。在厨房桌子旁,当她说:"小提琴贵吗?"他可是被问到的人。

不错，父女之间的陌生感令他难以忍受，然而，我以为，在接下来的清晨，促使梵特作出继续寻找小提琴决定的，是比这感觉还强得多的感觉，那就是他要用这把琴把女儿唤回生活，要向她证明她搞错了，误解了他。为了找回她的音乐激情、音乐会激情，他是什么都可以做的，对此，这把小提琴将是切实的活生生的证明。他给我讲述，带着那个胆大妄为的决定，他又坐
到电脑旁时，我第一次理解了，当那个马格里布人对他用坚决 187
的语气说“这可事关您的女儿”时，他的气恼，他心中的熊熊怒火。

他在互联网上找到一个论坛，那里专门提供有关瓜奈里家族提琴的信息，并可以进行交流。他眼里闪着亮光，阅读了全部内容。

“我就像掉进了一个巫婆备好的热气腾腾、冒着泡的大锅。”他说，“里面介绍信息的语言是冷静的，有距离感的，有些少见的精选词汇，整个情况就像秘密的共济会组织，其成员一定要遵守某种特殊文字规则，通过这种方式可以证明经受了考验。”

在那里，他撞到了黑先生。“你们听说没有，黑先生要拍卖他的瓜奈里？”上面写着，“难以置信，这么多年以后。至少有十几把。还是瓜奈里·耶稣的。我听说拍卖在他家举办，他只接受现金。整个事情在我看来，就像他要跟整个世界下一盘棋，也许是他生命中最后一盘棋了。”

梵特点击时很犹豫，这样的话，他们就有了他的地址。可它实在诱人。

他读到的如同一个童话故事。黑先生是克雷莫纳的一个传奇人物，当地人称他黑先生，因为他从来都是一身黑色行头：破旧的黑西装，穿旧的黑鞋——就像家里穿的拖鞋，黑汗衫，露在
188 外面的是老男人满是皱纹的脖子，看上去八九十岁的样子。腰缠万贯，却吝啬到要挨饿的分上。公寓在一座破旧的楼房里，四壁潮湿。这把小提琴，上面写着，他藏在床下的平柜里。一把"安德烈之子"(*filius Andreae*)据称曾被床里的弹簧压坏了。

人们常看到，他提着一个破塑料袋在克雷莫纳街头走着回家，袋子里是廉价蔬菜、剩肉和劣酒。他身边从来见不到女人的影子，却仍有传言，他有一个他视为神明的女儿，尽管她根本不认他。他有一个小小的红钱包，里面的钞票都折了好几折。至于那个钱包为什么不是黑的，而是红的，存在无数假说。一次，一位服务员不愿意收皱巴巴的钞票，黑先生把买的咖啡，泼到他身上。

他声称，他同卡特里娜·罗塔(Caterina Rota)——瓜奈里·耶稣的妻子有亲缘关系。对所有从事克雷莫纳小提琴交易的外国公司，他都无比仇恨。他若得知一个商人手里有把瓜奈里，他能恨到牙根痛，天天想着能雇上一个人，把琴偷回家。谁也不知道为什么，他尤其仇恨芝加哥、波士顿和纽约的美国经销商。他不会说英语，但他知道所有的英语脏话。有一个传说是，他非常喜爱一位意大利女小提琴手的演奏，对她当然也非常爱恋。他能听出每把克雷莫纳小提琴，并能说出它们是谁手下的作品。因而，他知道，她演奏时用的是"安德烈之子"。几乎没
189 有哪天，他不会放上她的演奏唱片来听的。一天，当他得知那

把小提琴是她从波士顿经销商那儿买的，他当即用斧头把她的唱片全部砸碎，还将她的照片撕成了碎片。所有的人都说，他疯了。不过在这个星球上，找不出比他对克雷莫纳小提琴更了如指掌的人了。

梵特询问拍卖的日期和地点。对方回答说：在第三天，从午夜开始。楼房没有房号，不过可以从蓝色楼门认出。黑先生只收现金，这是不是说叫人用箱子装钱带来？对此没有人知道得很清楚，想必这是必须的。

梵特有种吸了毒的感觉，既感到精神亢奋，又感到疲惫不堪。他锁上办公室的门，躺到沙发上。梦中片段模糊不定，转瞬即逝，但总是莫名其妙地同那个黑男人有关，他找他要钱，他却没带在身上。他听不到那老头幸灾乐祸的笑声，但他笑来着。

他醒来时，听到露丝·阿达摇门的声音。他带着困倦的面容，头发蓬乱地打开门，她看他的眼光满是惊异，又问了一次密码，他又一次拒绝给她。目前他们只是对头，不过，离敌对关系不是很远了。

他消除了那个她有可能猜到的密码，换上一个新的。这个密码她无论如何不会猜到，这就是：delgesu。然后，他开车回家。

190

二十四

“回到家时，如果没看到籁雅坐在床上的那种眼神，也许我就不做那事了。”

梵特说。

我们坐在我的房间，酒店住宿又续了一个晚上。他的故事越接近灾难，他越需要休息。在湖边，有时我们走了半个多小时，他也一句话没说。时不时地，他会掏出扁平烧酒瓶喝上一小口，不过仅仅一小口。这种时候开回伯尔尼，是不可能了；那样会让他凝滞，他故事一样的记忆会干枯。所以，我带他回到酒店。把车钥匙还给他时，他向我投来又羞惭又感激的一瞥。

“她坐在那儿，两腿收起，周围全是她的演出照片。”他继续讲起来，“有拉琴的，鞠躬的，乐队指挥吻她手的。这么多照片，厚厚的，看起来差不多像第二层被子，其中只有一块空当，坐着她弯曲着的身体，那只是一个小小的空当，因为她几乎不吃什么，越来越单薄了。她的眼光既空又远，因而我猜想：她坐了好几个小时了。

她看了我一眼，我马上想起卡罗琳的话：您是不反对的。她要是眼里冒火、一副气恼的样子，该多好！哪怕能惹起一场争
191 吵！然而，这眼里几乎没有指责，只是充满了失望，这是个没有未来的眼神。我是不是该做点什么吃的，我问。她几乎让人察觉不到地摇摇头，可以说那是个摇头片段。我走到厨房，我知道她的目光在跟着我，忽然我闪过一个从来没有过的念头，它令我很难过，甚至得在什么地方扶一下。这个念头是：她想要另外一个父亲。现在您能理解，我为什么得去克雷莫纳了吧？我必须得去啊！”

我没做出什么不理解的表示，做出的倒是相反的。然而，我

们越接近他那越规行为,我感到,我对他越来越像一个法官了。不管怎样,法官的理解是一般人希望获得的,也是可以赢得的。他坐在我床边,两手握着烧酒瓶,置于两膝之间。他几乎不看我,对着地毯说了下去。只是我在扶手椅里的一举一动,都会影响他,令注意力忽闪,让一丝不快在他疲惫的脸上划过。

那天,他轻轻地把公寓门在身后关上,然后回到研究所。他把自己关进办公室,通过一个点击,募集到的科研经费的一半便转到了他在图恩的账户上。“这个鼠标上手指的点击,”他的嗓音有些沙哑地说,“不过是千百万次中的一次,与其他的点击毫无区别,却非同一般,令我永远不会忘记。当时面部肌肉的紧张状态,也会永远留在记忆中,肌肉紧绷着,火烧火燎。”

这就是马亭·梵特,小时候他曾躺在床上,希望成为造假钞
者;这就是马亭·梵特,棋盘上的每个挑战都迎面而上,对任何 192
诱惑都无法抵御,他总是胆大妄为,做出令对手百思不得其解
的舍卒举措。现在,刚做出这个后果严重的点击,他就感到了
恐惧。这一定是地狱般的恐惧。即使是现在,还能从他幽暗的
眼神里依稀看到这恐惧的影子。

但他还是去了。先去了图恩,然后,提着满箱子钞票,前往克雷莫纳。

我看着坐在床边上的他,他说过关卡时,意大利海关官员对他看都没看一眼。那天天气晴朗,蓝天悠悠,列车在波河平原上一路开去,他兴奋得有些头晕。伴随的还有恐惧,那是点击鼠标的恐惧;只是离南方越近,恐惧便越多地由玩主的兴奋所取代。

“我抽烟，头探进风里，喝着从推车上买的劣质纸杯咖啡。”他的双手搓着扁瓶烧酒，指关节发白。

很奇特的是：这双大手，既表达着内疚，又表达着对内疚的愤怒。而在那儿，在他两膝之间，发生的是与内在法官的抗争。那上方，在他眼里及传出所有话语的地方，你能感觉到风，那是列车带来的风，伴着这风，他驶向了一生中最疯狂的冒险。我的眼睛从他发白的关节离开，我不想看他谴责自己，他理当生活，生活。我想起莉莉安，想起其他我没体验过、但也可以体验、也许还应该体验的生活。

193 “真是疯了，真是精神病，三更半夜提着一箱子私吞的公款，去找那个病态贪婪的古怪老头，去竞买世界上最昂贵的一把小提琴。我真去了那里，这根本就不该是真的。然而，这就是真的。我听到自己走在石砖路上的脚步声，以及没有人影的冷清小巷里传来的微弱回音。忽然，我好像又看到籁雅走的那条马路，她离开玛丽家，走错方向后走上的马路。当时，那条笔直的小路，也显得没有尽头虚无缥缈起来。这种一切消遁在远方的感觉，缘自克雷莫纳街道上的街灯，它们没有灯罩，发着惨淡的光。此时我感觉到，我自然脚步中的远离现实，与蔓延在籁雅身上的远离现实，是多么相似。”

梵特闭上眼睛。门外走过几个喧哗的客人。他等着，直到重又安静下来。

“真希望我没做这件事。就这事把一切都毁了，全毁了。不过，在那个时刻，那是我不想省去的：我踏入那道蓝门，在潮湿的墙壁间走上楼梯，然后，敲响了老者的房门。就像我在极度警觉状态下，经历着一个完全清醒的梦，我像一个站在想象空间中的失重人，满脑子除了这荒诞事就没有别的，这个空间完全可以是夏加尔某张画上的，童话一般，极其美妙。接下来的几小时，也是我不想省去的；那荒唐疯狂的几个小时里，我最终在竞购者中胜出。”

这老头住的两个房间，中间由一个滑门隔开。此时滑门开 194
着，这样来竞购的七个人，都可坐到摇摇晃晃的椅子上。尽管如此，还是很挤，彼此碰到是不可避免的。屋里的气息令人窒息，到处都是灰尘，每一个角落都散发着老者的汗酸味。一位来客，受不了这罪，一言不发，起身走掉了。

黑先生的着装完全同传说中的一样，他坐在角落里，坐着的皮制扶手椅看上去油乎乎的。从那角落他可以打量到每一个人，将一切尽收眼底。在这整个夜晚，他那双眼睛显得越来越空洞，越来越疯狂。没有人同进屋的人打招呼，房门仿佛由一只不可见的女孩的鬼手打开，女孩站在那儿，好像没人站在那儿。没有人做自我介绍，好似谁也不认识谁，大家都用陌生的、估量着的、不信任的眼光相互打量着。

梵特对我讲述的口吻，让我觉得，他对这种超现实状态很享受。

他说：“有点像蝙蝠聚会，我们彼此看不清，只能听到，感觉到。”我觉得，他纯粹的享受是这怪异的陌生感，不是什么能让人享受的愉快舒服的事。这更像是你遇到了什么，并预料到了什么，当你发现，这种预料正是绝望幽暗的现实时，却要牢牢地抓住它。

对他来说，这是对人与人之间不可沟通的陌生的预料。其
195 实称之为预料是错误的。他一直有这样的陌生感受，这是所有其他情感的沉淀。从他嘴里我没听到陌生感一词。可如果我闭起眼睛，听他讲述，那感觉就像在听一段音乐，因而我能理解，他所有时间所谈的都无异于陌生感。当他还是个脖子上挂着钥匙的街巷男孩时，他就知道它。接着出现了一位老师，送给他有关路易斯·巴斯德和玛丽·居里的书。又出现了让-路易·坦帝纳特和塞西尔，最重要的是，籁雅来到他生活中的那些年，使他有了对抗陌生的堡垒的体验，直到在玫瑰园她对列维说："好，尽快"，直到在她喝下药片后，他拖着她在公寓里走了一圈又一圈，听她吐出粗俗的话语，最后通过卡罗琳才知道，她对他有着不可思议的误会。于是这个男人盗了上百万钱款上了路，就为了能占有瓜奈里·耶稣的一件东西——这是一件真正神奇的物件，在他看来，它是唯一可用来消除误解，克服陌生感的神奇存在。他就这样落入了这个蝙蝠聚会，体验着在他面前呈现的绝不会有一丁点儿误解的粗糙陌生。是的，他享受的正是这个，这个令人难以置信的赤裸裸的悖论。对它的体验一定令人震惊得发晕，就像体验令人晕眩的孤独感，体验自我遭到摧毁的迅速下滑。是的，马亭·梵特正是会享受它的男人。

我不禁自问，如果我和他之间产生陌生感，会出现什么。

这会出现的。

196 我闭上眼睛，一边听，一边想象着我们又一次驾车行驶在卡马格——就是世界尽头，左右两侧，不是稻田，便是高高的蓝天下倒映着云朵的水面。我们本该待在那里，在白墙下笑谈，对

着阳光畅饮,就像一个电影结尾的定格。

“老头扶手椅旁边有着一个大木箱,木箱是轮船上用的那种。”梵特接着讲下去,“箱子外面画着重锚,油漆都爆皮了。老大的箱子,肯定有一米高,至少两米长。里面是都小提琴,并不是网上说的,在柜子里,或者在床底下。它们被仔细地分层放置,之间隔着软布。箱子盖打开时,青铜合页发出吱吱的声响。这时老头取出第一把小提琴。

“那是彼得·瓜奈里做的,彼得是安德烈的长子,瓜奈里·耶稣的叔叔。对他我还有些了解,从米兰买的那本书里,我读了有关他的介绍。

“‘一千万!’老头叫道,那时还用意大利货币,单位是里拉。对于世界上仅剩的这几把珍贵的瓜奈里小提琴,这个价格是适宜的。随着时间的推移,我越来越明白,老头这句话要比一个干巴巴的价格含义多得多。当然,这里意味着很多钱,但除此之外,它还意味着一个闪光发亮的象征富有的整数,是财富的原始单位,是绝对的金钱理念。一千万——是个终极数额,不会被超过的数额。二千万也好,三千万也好,就算多了几倍,反而显得要少。

“一个穿西装的男人买下这把琴。那套西装一定出自阿玛 197
尼的设计,只是对这烂糟之地,真像鲜花插到了牛粪上。除了我和一个法国人外,其他都是意大利人,至少从语言上可以这样判断。不过,当其中一位找他的证件时,护照掉了出来,正好掉在老头脚边。这是一本美国护照。‘出去!’老头喊道,‘出去!’这男人想做些解释、辩护,可老头只重复他的这声喊叫,这位男人最终离去。屋里的感觉很冰冷，尽管我们直出汗。

“先头那位不显眼的女孩，早就一声不响地走进屋，坐在屋子一个角落里，在一张桌子上将一切记录在案。小提琴从一只手传到另一只手。其他人手里都有一个像钢笔似的小探灯，可以照到里面，看清小提琴上的标签。这些人都是经验丰富的老手，不容易受骗上当，你可以看到他们怎样用手抚摸着 C 形侧板和 F 孔，怎样触摸着琴头，查看油漆。尽管如此，房间里仍充满着不信任。报价前，大家大多坐回座位，用半睁的眼睛估摸打量着这位老头。有人问，有没有鉴定证书。‘Sono io il certificato’——我就是证书，老头说。如果他事先没有听到演奏，一位穿着体面的老先生说，他是不会买的。这位先生很像是某个威尼斯宫殿里做事的。谁也不会被强迫着去买，老头决绝地干巴巴地说。

“第九把或者第十把就是瓜奈里·耶稣。我借了一盏小灯。那张发黄的小提琴标签上写着：‘JOSEPH GUARNERIUS
198 FECIT CREMONAE ANNO 1743†IHS’——‘约瑟夫·瓜奈里于1743 年制作于克雷莫纳 †IHS’。[1] 他死于 1744 年，这把琴一定是他去世前不久最后的作品之一。这张标签会不会是做假，后来贴进去的呢？从卷尺量度结果看，这是一把型号较小的小提琴。背板与琴面拱度很小，开放式 C 形侧板，侧角短，F 孔较长，油漆华丽，这都符合典型特征。此外，上面还有一个颜色较浅的地方，就是腮托处，就像帕格尼尼拉过的那个‘大炮’的情况。

1 IHS，In Hoc Signo，以此标志。参见前文。编注。

‘一千万,加一千万,再加一千万!’老头哑着嗓子叫道。听得出来,他是多么喜欢、多么享受这个词! 我开始喜欢他。尽管如此,我仍怀疑。此时我可以肯定的是,这个哑声是表演,是专为我们这些三更半夜跑到他跟前,为满足对瓜奈里的贪婪的可怜的疯子准备的表演。还会有什么别的样子的表演吗?

“三千万里拉,我带在身上的差不多就这么多。在伦敦苏富比拍卖行最贵的瓜奈里·耶稣曾以六百万英镑卖出。相比之下,这价格算便宜的。我想买。我想起曾经怎样同籁雅坐在厨房桌边,一起欣赏那个‘大炮’的情景。开始时,她不喜欢那块色浅的地方,不过后来说:‘其实它还是相当不错的,很真,很有生气,你差不多能感觉到尼科洛下巴的温暖。’我要再一次同她坐在厨房桌子旁,让她闭上眼睛,把这把小提琴放到桌子上后,再让她睁开眼睛。她会站起来,将我们的公寓变成充满瓜奈里神圣音响的大教堂。她那闪亮的眼睛里,会一扫浑浊、空虚,往日那些不快的事情都会烟消云散,列维会成为遥远的过去,玛 199
丽的‘不行’就像从来没有过,那个被子上摆满照片的画面会像阴影一样沉没。我一定要买这把琴。它只会给籁雅·梵特带来前程无量的快乐未来,她要比过去的巴赫小姐更加光彩夺目。这把提琴远优于过去的那把阿玛蒂琴,籁雅·梵特将用它再次站到舞台上。我一定要买它,不论什么价格。”

他向我投来怯怯的、询问的一眼:你懂吗? 我点点头。马亭,我当然懂。任何一个听了你故事的人,都会像你那样去做的。现在,我要将这些全记下时,我流下了眼泪,而在那时我抑制住了。你又坐到方向盘后面,那是让-路易·坦帝纳特沿着蓝色海岸驶向巴黎的赛车,那是一个付出了一切的男人,付出了一切——如你所说的;有一次,你为找塞西尔用的迪奥香水,找遍了整座城。

你为什么没给我打电话。

“我开始报价。这是我第一次报价,这之前我一直坐在其他人中间,没说一句话。现在回想起来,就好像我一直坐在不舒服的椅子上,漂浮在一个近似假想的空间里,一个像夏加尔绘画中呈现的——停在半空中的,停在整个荒谬处境中的空间。而此刻我走进了现实热室[1],这里臭气熏天,令人呕吐。

“这把琴在我手里掂量了很久,其他人有些不耐烦了。我把眼睛向那老头扫去时,我想,他已经注意到,它对我的意义有
200 多大。那明亮的眼睛和消瘦的脸颊上显露出的是微笑吗?我不知道,但这个表情令我继续报价,一再报价。这时的价格,已远远超出我手提箱里的数额了,但老头这张脸仍在给我不可救药的勇气。我出的价格超过五千万里拉时,我模模糊糊地想到,他会允许我的延期付款。五千万里拉——四百万瑞士法郎,现在,比这还高的数额仍有可能。我已经到了另一个想象空间,这里有满目轻如羽毛的赌码,它们或意味着一切,或意味着一无所有。上飙的款额让其他人脸上露出焦虑,我却更加放松了,就像坐上了疯狂行驶的过山车,我靠在靠背上,就等着拐过弯道,享有那一往无前,一切都模糊退后的时刻。最后,我是唯一还报价的。六千万里拉,四百五十万瑞士法郎。女孩环视一

1 热室,进行高放射性试验和操作的屏蔽小室。编注。

圈，记下这个数额。

“老头看着我。这会儿，他的目光不像先前那样犀利，眼睛里也不再有笑，不过，那眼里有一种温和，一种难以解释的友好，突然，那双闪亮的眼睛又正常地看起世界。那里的疯狂消失了，因而我想，跟那哑嗓子一样，这眼里的疯狂也是表演；也许，说他古怪并没有错，那一大箱子小提琴可以为此做证明，但他绝不是疯子，他把我们都当傻子了。

“‘I violini non sono in vendita.’——这些琴是不出售的。这时老头轻轻地挑明道，他耸起嘴唇，做出一个轻蔑讥讽的阴笑。
不知道为什么，对我来说，这并不完全是意外。在我面前，他越 201
来越像个演员，一个小丑，一个江湖骗子。其他人都像挨了耳光似的呆呆坐着，没有谁说什么。我向那个女孩望去，她是不是知情者，专门聘来搞这场假戏真做的？

“那个穿阿玛尼西装的男人最先清醒过来，他气得脸色煞白，一边喃喃说着：‘简直是无礼……’一边站起身，气冲冲地出了屋，椅子也被带倒了。接着，另外两人站起来，他们直视老头，一副恨不得拧断他脖子的模样。那位在我看来像在哪座威尼斯宫殿里做事的先生，还坐着不动，同他的感觉搏斗着。那样子就像，他很恼怒，可还想将事情以幽默的态度对待。最终，他也走了，成了唯一一位还能打起精神道‘晚安’者。

“我也不知道自己为什么还坐着，也许因为这老头后来打量我的方式。此时，他站起身，好像根本没我这人似的，迈着令人惊异的有弹性的步子，走到窗前，打开了窗户。凉爽的夜风顿时涌入，天花板上第一次显出一道光线。我不知道该说什么,做什么,也一点不再知道我到底想要什么。我刚决定离开,老头走到我跟前,递过一支烟:‘你来一支?’嘶哑的嗓音也没有了,以你相称之中,好像有个模糊的承诺。

“他就是一只怪鸟,一只享受拥有一大堆钱的怪鸟。我的
202 印象是:这是他生活中唯一可以享受的,他那些关于自己的说法,不是真的。可要向他提问题,在他的张力范围内是不允许的,如果他被不适宜地对待,他就会变得很危险。这时,他倒向我问道,为什么要不惜代价得到这把瓜奈里·耶稣。

“我该怎么办?或者给他讲籁雅,或者走人。就这样,在那个凌晨时分,在教堂塔楼铜钟的鸣响声中,我向这位坐在克雷莫纳寒酸寓所、占有一大箱子珍贵小提琴的古怪富有的意大利老头,讲起来我女儿的不幸。”

在酒店房间时,我还没注意到这点,现在我注意到:我很嫉妒这老头,而且对自己不是听到梵特讲述他女儿不幸的唯一听众,还感到失望。不过我高兴的是,后来发生的事情,黑先生不会听到了。

“这时,老头指了指那张桌子,就是女孩刚才做记录的地方。我看到,它上面是一张国际象棋棋盘。他问:‘你会吗?’我点点头。‘咱们做个买卖,’他说,‘下一盘棋,就一盘。如果你赢了,你拿走瓜奈里·耶稣,不要你一分钱;如果你输了,你拿走琴,给我一千万(里拉)。’说完,他在棋盘上摆起棋子。这将是我这辈子所下的最重要的一盘棋。

“我简直不知该如何描述自己的感觉。这些钱我又可以存到图恩的账户上了,我又可以把钱神不知鬼不觉地转账转回

去，等把密码消除，一切就跟从没发生过一样。除开这些不说，籁雅还能在厨房桌边睁大眼睛，取过小提琴，将公寓变成充满瓜奈里琴声的大教堂。我的上帝，不可思议，简直不可思议，每
隔几分钟我就得上趟厕所，虽然早就什么都排泄不出来了。老 *203*
头倒是一直一动不动，几乎整个时间都在另一头坐着，眼睛半睁半闭。

“他以西西里防御式开局，下了九个或十个回合时，他架不住了，得去睡觉，我们商定晚上继续下。就这样开始了三天疯狂的日子，这是一盘棋的三天，是快乐与担忧的三天，一再被延到第二天晚上继续下的三天。我买了棋盘和棋子，搬到一个安静的酒店，还买来一本国际象棋教材，一切都为了能下赢这盘疯棋。老头却总是若无其事的样子，他能纵观全局，运筹帷幄，技艺相当高超。第二个晚上下棋后，睡觉前我吃了一片安眠药，醒来时发现，睡了十二小时，体力又恢复了。

“我突然很想听教会音乐。走进教堂，眼前好像能看到玛丽在籁雅额头上划十字。闭上眼睛，感受那巨大空间里的凉涩与蜡烛的香气时，我有种感觉，好像自己坐在一座大教堂中间，那是籁雅每次将琴弓搭到琴弦上，用她清晰、温暖的音乐建造的大教堂，那是为生命提供保护的大教堂，它自身也同样拥有着生命。

“这里可以买到一张唱片，里面的巴赫乐曲由不同的著名的克雷莫纳小提琴演奏，以便听众作对比。躺在床上，我听着不同的小提琴声，有瓜奈里的，阿玛蒂的，斯特拉迪瓦里的。要将它们分辨出来自然需要一定的时间。当然我也知道，瓜奈里

的不同小提琴也有不同之处,瓜奈里·耶稣的也同样。尽管如此,我要把这张唱片中的瓜奈里琴声带进我们的厨房,要让籁
204 雅建立音乐大教堂。对我来说,这种琴声是棕褐色的,尽管这点我无法对任何人作出解释。

“第二个晚上结束下棋时,我有种会输给他的感觉。虽然离开棋盘时,这个结局并不明朗。可老头的表情却是一副不容置疑,好像我无论怎样努力,也不可抵御他独特的进攻方式。在酒店,我把这盘棋研究了好几个小时,还绘制出十几个棋路,我能把它们像儿歌似的背下来,让它们不仅在脑袋里,还占据了整个身体。大错我倒是没出,但扭转全局的招数我没找到。我们用的棋子是用玉石做的,是这屋里唯一的奢侈品。这种玉石有一种迷惑人的作用,是寻常的翡翠绿与罕见的翡翠红的混合体,即红色脉络穿过了整个绿色棋子。这对眼睛能造成不安作用,不知怎地,也会影响思维能力。我一直觉得,我不能完全集中精神,本来在棋盘前我是不会这样的。其实也不是这种情况,因为在酒店房间里的棋盘前,我也找不出解决方案。巴黎丽人牌香烟,不知什么时候让我抽完了,试过的所有其他牌子的香烟,都会让我晕头转向。不过在家抽上巴黎丽人,情况也不比其他烟好。与我相比,他下得就是太好了。

“最后一夜,快四点时,我看着他,他读出了我眼睛里的投降。‘就到这儿吧!’他说着,淡淡一笑,他也疲惫已极。他拿出两个酒杯,斟上格拉帕[1]。我们目光相向。

---

1 格拉帕,一种意大利白兰地酒。译注。

“我差不多想了，我应该利用这个机会，让他改变主意，把 205
小提琴送给我！在一盘棋上同某个人下了三个夜晚，每走一步都要经历永恒的等待，你得深入到对方的思考中，深入到他的棋路与伎俩中，深入到他对你的思考中，要将对方当作希望与恐惧的目标……所有这些都铸就了一种极其亲近的关系，这样的关系下，请他赠送小提琴是有可能的。如果我做了另一番解释，另一种强调，一切也可以是另外的模样。我那个籁雅的故事还是让老头感动了。想到他时，出现在我面前的这个男人，是个内心蕴藏有众多情感的人，那里资源丰富，层层叠叠，其中一部分被掀了起来，也许因为他有一个他拜如神灵的女儿，如传言中讲的，也许本来也是如此。也许我本该促使他作出决定，把小提琴送给籁雅，而不是送给我。我给他讲，籁雅那晚从纳沙泰尔回来没有了阿玛蒂提琴时，他一直静静地坐着听。

“可我还是搞砸了，该死的，搞砸了。‘马亭，你得更多地表达自己’，塞西尔常这样说，你不能等别人跟在你后面猜测你的感觉。她还说，即使对她，也得更多地表达，否则我们会出问题的。最后的日子里她说得更加频繁。最后一次去医院看她，走在漫长的走道里时，我想好了，要对她说，她对我有多么重要。可是出现了这样的话：‘你得答应我，对籁雅你要好好……’结果我说不成了，该死的，就是说不成了。我从小没学会这个本
领。我母亲是(瑞士)提契诺州人，发脾气的事倒是有，可是表 206
达感觉的能力，去说自己怎么感觉，这个能力没人教过我。”

他向我投来一个问询的眼神。“也没人教过我。”我说。然后我问他，为什么没对老头说他挪用公款的事，这样也许会对

他产生深刻印象。

“是啊,回来的路上我也这样问自己。他这种男人其实很适合听这种故事。这事就像千斤担子压在我身上,睡眠都受影响。在梦里露丝·阿达一次一次地追问我密码,她脸上的表情分明写着:她什么都知道。所以,我真想到米兰时坐上返程火车,再去跟他谈一次,想向他请求把钱还给我。可是不行,这是不可能的。钱现在在他手里,已经不可能了。”

梵特吃了一口饭,餐饭先前请人送到了房间。可以看出:他摇摆在饥饿与抵触之间。

“钱的事,得有人来写写。钱什么都是,钱是贫穷、富有、黄金占有狂,是亏损、欺骗、羞愧、卑贱、屈辱,是不成文的规则,钱是一切,钱很直率,无所掩饰,可恶的整个历史都与钱这个毒物有关。此外,它还会浊蚀情感。”

他把钱放在桌上,交给了黑先生,一千万里拉,其实是笔好交易。桌上的钞票,堆成了小山。老头没有贪婪地拿过钱,而是干脆让钱在那儿放着,他那个姿态似乎做了明确说明:这钱他有没有都无所谓,他不需要它。

207 “这就是最后的时刻,”梵特说,“我就让它这么过去了。”

在米兰转车时,他忽然想到,得小心不能让人碰到小提琴,把它撞坏。他担心地将琴盒夹在手臂下,紧贴着身子。这破琴盒与老头很般配。老头看出梵特觉得它寒酸。“Il suono!”——重要的是琴声!他调侃道。

火车上无论是小提琴,还是他的钱箱,都没引起其他人的特别注意。尽管如此,在图恩下车时,他的衬衣还是湿透了。他把剩下的钱存入银行,到伯尔尼后,先去了库姆霍兹音乐商店,为小提琴换新琴弦。

对那个破琴盒,卡塔琳娜·瓦尔特投上了惊异目光,然后打开琴盒。

“我不认为她马上就知道,在她面前的是一把瓜奈里。不过她肯定看出,这是一把很珍贵的乐器。她看看我,什么也没说。然后她进了屋里。等她出来时,她脸上挂着非常特殊的表情。‘这是一把瓜奈里·耶稣,’她说,‘一把真正的瓜奈里·耶稣。’她眼睛眯成一下,‘肯定价格不菲。’

我点点头,眼睛看着地面。她不是梦里的露丝·阿达,她不会知道的。在接下来的梦里,她当然知道了真相。因而她的话里有些法律内容,带威胁性的:‘你绝对不能这样做,绝对不能。’真实情况下,她的话是:‘我懂,这是为了让她忘掉阿玛蒂,我明白。可是……我还是不知道……您不觉得,这会……这样说吧:这不会让她感到有压力吗?她又会觉得,她必须得回到 208
那个运转系统里去,回到那个疯狂的运转里?我不想干预,可是,您不觉得,她应该先回归自身吗?您给她、给那个小不点买第一把小提琴的时候,是什么时候?有多长时间了?十二年,十三年了?我一直觉得,有些操之过急,然后您又跟我说,出了问题……当然,当然,今天晚上我们就给您上好琴弦。对我们的同事,这是一种光荣,他已经高兴得不得了了!’

“我为什么没听她的话!”

梵特开车到办公室,把剩余的钱转回研究所账户。在走道里,露丝·阿达一声不吭地从他身边走过。他躺到沙发上,没过一会儿，又在心跳中醒来。他第一次感到，有一天，这个心脏可以置他于不顾。

卡塔琳娜·瓦尔特为小提琴配了一个精美的新盒子。这是商店送给他的，她说。她还对参与议论表示了歉意。这时那位同事来了，他已经试拉了小提琴。“这音色，”他只简单说道，“没说的。”

梵特开车回家。上楼之前，他坐进街角的咖啡馆。刚喝了两三口咖啡，又把杯子放下。心一个劲儿地跳。他把注意力集中到呼吸上，直到情况好转。之后，他进了公寓楼，要把世界上最昂贵的小提琴之一带进公寓，它应使一切恢复正常。

209

二十五

籁雅刚睡醒。她总在最不适宜的时候睡觉，而夜里又在公寓里闹腾，逗狗。此刻，她一脸困惑地看着父亲，睡眼惺忪，眼神游移不定。“你走了这么久……我一点不知道……”她含含糊糊地说，舌头好像很沉重。过后，当爸的在厨房发现了几个空酒瓶。

“我又想起很早很早以前的日子，那些晚上，我坐在电脑前工作，直到听到她均匀的呼吸。”梵特说，“与今天相比。那是一段多么快乐的日子！自那以后，十几年过去了。我站在那儿，望着面前睡不醒似的、有些邋里邋遢的女儿，唯一的希望便是：我能让时间倒转。很长一段时间里，当我躺在床上夜不能寐时，便与魔鬼讨价还价，目的就是要让它满足我一个愿望：能与籁雅回到过去的时光里，回到我们在火车站听罗耀拉·哥伦演奏的那天。如果这个愿望能满足，我情愿把我的灵魂交给它。在我的想象中，这个回归之旅如此生动，以至于我可以在某一瞬间对此深信不疑，以至，于在半睡半醒之中，我经历了快乐解脱的时刻。这样的时刻我希望越多越好，因而，我多么迷恋那个时间旅行的白日梦。”

现在要做的，是让另一个白日梦成为现实：要让籁雅拿起这把瓜奈里，站起身，让公寓响彻她神圣的琴声。她刚好醒来，向琴盒投来疑问的目光。她穿衣服时，梵特煮了咖啡。她听从父 210
令，闭上眼睛坐到厨房桌子旁，他把小提琴放在她跟前，坐到她对面，然而发出睁眼的指令。

很长一段时间，她什么也没说，手沿着琴体滑动着。当她的手滑过颜色较浅的腮托处时，梵特希望，她能表示认出了这个标志，会说这是“大炮”上也有的。但是籁雅的脸上没有表情，目光平淡。他走到她身后，按亮手电筒。她把小提琴放斜，借着光，可以读到里面的标签。她的呼吸加快了，从他手里取下手电筒，探到里面，自己看去。时间过去得越多，梵特的希望越大：伟大琴师的姓名字母会深入她的大脑，她马上会又惊又喜地爆炸。然而，什么也没发生，梵特的心里突然生出恐惧，就像他从门缝中听到，她将尼基唤作尼科洛时的恐惧一样。也许她过深地陷入了自身，以致无法再理解这神奇名字的魅力了？

这种沉默，梵特再也无法忍受，他走进卧室，关上门。一次疯狂的犯罪之旅，到头来却是竹篮子打水一场空。疲倦袭上心头，失望与绝望令他麻木，他睡去了。

深更半夜，他听到籁雅拉琴时，顿时清醒过来，冲出卧室。她站在音乐室中间，所有的家具都被推到了墙边，她身着音乐会演出时穿的那件黑色长礼裙，头发梳理得很整齐，化了妆，正在演奏巴赫 E 大调帕蒂塔。

211 有那么一瞬间，梵特有种不祥感，因为那是火车站罗耀拉·哥伦演奏的曲子。他隐约感到，新的开始中有些怀旧成分，这不是很好，这是对那首唤醒乐曲的回归。它体现着某些仪式性，而非个人的东西，她更应该用这个新的音响展现她整个自我，而不是只做某个传承者。可随后，那金色温暖的琴声使他受到震撼，有着她的力度与清晰度的乐声，好似向四墙溅射着。让他感到震撼的还有，籁雅脸上的专注。几个月来，这张面孔已经失去了所有弹性，过早老化了，现在它又是一张让琴声响彻音乐会大厅的籁雅·梵特的面孔了。

不过，还是有些令他不安的地方，当他坐在走道的椅子上，通过敞开的门，看着她时。

“她为什么要这样打扮自己，好像是在一个音乐会上演奏？她剪了指甲，这让我感到极大的轻松。一个小提琴手，不剪指甲，琴都拉不成，那是一个非常可怕绝望的信号。可为什么在这夜半时分，还要穿礼裙，脸上涂粉，抹口红？

“几个月来，她一直蜷着身子度日，不论在外表，还是在内心。现在她又直起身来，同她自己所属的职业层次联系起来，以前她就是同这个层次一起向世界展示自己的。我看着她，听

她演奏时，这夜里闹鬼似的特点令我非常不安，我的想法是：这
是我女儿，她是一个有很多特征的人，她拥有不同的心理层次， 212
有不同的平台供她出入，现在她又回到了那个平台，那里很长
时间空空如也，没有光亮，很像火车站遭废弃的无人站台。

“她的面部表情在我看来，还不像以前那样生动，在偶尔的停顿中还能看到先前凝滞的痕迹。在此，我头一次产生了另一个想法，这个想法在接下来的时间里经常出现，每次出现心里又会受到触动——她没有控制平台的变化，她没有主动作出选择；她什么时候进入内在世界，什么时候又离开，纯属偶然，堪比地质结构的重新组合，对此没有任何操纵者。您也许会这样想，我自己有时也这样想：我们所有人都是这种情况。事实也是如此。不过，从那时起，籁雅内心出现了断裂、脱离、撞击等变化，这样的变化像刺眼的光，照亮着这个事实：心灵更是一个发生的地方，而非行动之所。”

梵特沉默了片刻，然后说了一句令我特别难以忘怀的话，因为那是通过思维的无畏性说出的，那种无畏性正是他的特性之一：“对内心无关联性的体验，要感谢内心变化液体般的流畅性，以及我们可以将对立部分迅速消除的精湛技艺。这种精湛技巧越是对自己一无所知，它越强大。”

我注视着台灯下的那张照片，那是这个饮酒男人的逆光剪 213
影。他已经从一个拖着鼻涕的街头顽童、无政府主义的中学
生、老谋深算的象棋棋手，成了一位知道精神与意志可以是如
何脆弱的男人。他知道，我们若想握持自己的生活，又需多少
权宜之计以及蒙瞒。在这个观点下，他会对其他所有人产生结

合感——这个词尽管我从未在他那儿听到，而且他很可能会拒绝这个词。我觉得他会拒绝的，他会觉得这太过正统。尽管如此，对那晚他强烈感到的，这是个恰当的词。那个晚上，他女儿让瓜奈里的琴声响彻了整座楼房，从那时起，他对女儿不光是爱怜、赞赏，还与她结合为一体。

最先怒气冲冲按响他们门铃的，是住在他们楼上的男人。他刚搬到楼上不久，对籁雅的事一无所知。梵特的举动令他马上没了脾气：他把他拉进屋，给他一把椅子坐下，让他正好能看到籁雅拉琴。穿着睡衣的邻居坐下后，很快安静下来。透过敞开的屋门，音乐通过楼梯在整座楼里震响。梵特探头一看，一些知道籁雅事情的邻居已坐在楼梯上；如果有谁发出打扰的声响，马上会有人将手指竖在嘴唇上。掌声很快回荡在整个楼道。“再来一个！”有人喊道。

梵特犹豫了。可以打扰籁雅想象中的音乐会吗？她刚刚打起精神，身心还过于脆弱。不过籁雅听到了鼓掌声，她拖着沙
214 沙响的礼裙，走到楼道，鞠了一躬后，接着演奏，而且一发不可收，直到又一个小时过去。这期间，她的面部表情又生动活泼，如若从前了。你能看到，能听出她越来越熟悉这把乐器，驾驭起来越来越自如。她选了一个很有难度的曲目，精湛技艺重又展现，虽然大家已经冻得开始哆嗦，他们还是坐着没动。

“这是她精神受打击后的第一个演奏会。”梵特说，“某种意义上说，也是最美的一次。我女儿又走出黑暗，走向光明了。”

巴赫小姐又回来了！报纸上出现了这样的标题。代理商们争先前来，预订问询应接不暇。这是梵特本来的希望吗？

对，他是这样想的。但他很快意识到，女儿并没像他希望的那样，很快复原了。她为成功高兴，但问题不在这里。她常是神不附体的模样。瓷器——谈到这个时期时，这是他常用的词。她与她的行为在他看来，很像一个闪亮的瓷瓶：精工细作的，非常珍贵，却又很脆弱。他的希望是，在这脆弱的外表里面，还有一个坚固的内核，即使瓷瓶碎掉，内核也会安然无恙。然而，这个希望越来越渺茫，好像只要瓷瓶破碎，留下的只会是一片空，他的女儿将永远消失在一片空洞之中。

籁雅的皮肤一直白皙，现在越来越惨白了，几乎像是透明的。太阳穴附近还常出现一条跳动着的蓝色静脉，它跳得不规则，有时出现突然急跳，那是一切原有秩序失落的先兆。即便 215
她崭新的音响屡屡受到好评，只有这个当爸的觉得，这里有什么不对劲的东西。后来他发现："现在，没有了对玛丽和列维的爱，在琴声里也便没有了这个内涵，在我听来便缺了个性，显得空洞，冷寂。有时我想，这琴声听起来就像籁雅面对着一面硬冷、干亮的石板墙。对此，约瑟夫·瓜奈里也无能为力。问题不在小提琴，问题在她。"

例外的情况也会出现，晚上，屋里的琴声又像从前一样，传到外面。但有一点还折磨着梵特，在他看来，籁雅练琴时好像还在用列维的阿玛蒂，瓜奈里好像成了一个妄念的结晶点，那就是同列维又已重归于好。这把新提琴仿佛成了与过去抗衡的筹码，有些时刻他会想，这把新琴，成了对旧日幻想的新的万有引力。

尽管已有约定，她的经纪人还是向媒体透露了这把小提琴的身世。梵特的同事读到了报道,他可以从他们的眼睛里读出,那里在问:他哪儿来那么多钱。从敞着门的露丝·阿达办公室,他看到,她读的网页,正是他了解瓜奈里家族小提琴时读的。夜里,他给研究经费的文件换了密码。将 delgesu 换成 usegled,后来又成了 usedegl。

他感到,这是一颗定时炸弹。这个财政缺口可以掩盖上几个月、一年,但再长是不可能的。他考虑办个皮包公司发账单,
216 还开始玩彩票。紧接着,他出现了银行恐惧症,在银行网页上操作时,出现了大脑迟钝现象,犯小儿科错误。图恩这个字眼还常鬼差神使地浮现在梦中。

如果出现非常糟的情况,他想,他总还可以出售小提琴。其实,这是不可想象的,这意味着要从籁雅那儿拿走琴,单是想到得张口对她说出这句话,他就会感到晕眩。可它值上百万哪,想到这儿,又会使他思绪平静一些。

接下来籁雅要去国外演出,去巴黎、米兰、罗马。主办者和代理商都不愿意当爸的同行。这并不是指他们说了什么。但伸过来的手是冷的,有保留的,他们明显地只冲着女儿说话。这是一种感情的大杂烩,一阵一阵地,籁雅似乎对他的在场很感激,然而她很快又让他感到,她更愿意没有他的陪伴自己上路。有时会出现快乐的时刻——她把头搭到了他肩膀上;屈辱的时刻也出现了,她把他晾在一边,只顾自己同乐队指挥说话。

在罗马那次,他本可以同她一起去那块广场边上的教堂,十年前音乐声就是从那儿传来,它使冰层解冻,使她又恢复了对玛丽的感情。

“我真希望跟她一起坐到长凳上，把这期间发生的所有的一切跟她谈谈。”

他说：“我没意识到，一个五十多岁男人的愿望，对一个年轻女孩会怎样陌生。只有当我一个人坐在那儿时，我才明白过来。可这还是让人挺伤心，时间她本来是有的。教堂里的音乐 217
也令人伤心，所以我逃了，坐进一个不是我们住的城区的酒吧。我喝醉了，没能去她的音乐会。早晨我对她说，昨晚我想自己待着来着。她坐在那儿，一副伤心的样子。”

二十六

接下来是斯德哥尔摩之行。这是一次在梵特心里要将整个斯堪的纳维亚半岛在地图上消除的旅行。

旅行一开始，籁雅出现了恐飞症，到目前为止，她还不了解这种情况。只见她脸色苍白，浑身发抖，一个劲儿上厕所。

“后来，我觉得这个恐飞症是一个特别聪明的恐惧形式。”梵特说，“重力是她的盟友，用来对抗她内在的离心力。如果它没有了，籁雅便有爆炸的危险，她会失去内心，她的心灵碎片会乱成一团，她会体验到毁灭。

我们是乘船回来的，这是我在甲板上想到的。赫尔辛基在黄昏里渐渐远去，沉没，我希望永远不再看到它。”

“如果我突然忘了该怎么拉琴，怎么办？”在飞机上籁雅这

样问道。然后她做了一件从没做过的事：她讲她同大卫·列维有过一次谈话，她向他吐露了对演奏时会失忆的焦虑。听到这
218 话，梵特心里一缩。他回想起他从未忘记的那一幕。那是籁雅在学校礼堂的第一次登台，当她将琴弓搭到琴弦上演奏时，没有任何原因，他曾问过自己，她的记忆可靠吗。列维一声不响地看着籁雅，然后站起来，在音乐室里走来走去。接着，向她讲了他一生中经历过的最可怕的时刻，那是他演奏贝多芬协奏曲中奥伊斯特拉赫的华彩乐段时，他突然不知道该怎么拉下去了。他说，这恐慌就像能致人瘫痪的冰冷毒液，注入他全身。其后的几小时内，这个毒液几乎毁灭了他其他所有感觉。他是怎么从舞台上逃下来的，他一点儿不知道了，所有行动，如果他感到了的话，都会立即从记忆中删除。在更衣室里，他看着阿玛蒂，心想：再也不了。

飞在云层之上，梵特突然懂了，在某种意义上，这种担忧使女儿与列维联结到了一起，在此，自己的吃醋显得多么可笑丑陋。这是一个相互同情联结的象征，他们知道，在刺眼的舞台灯光下，记忆的失落与自信的失落，随时都会在幽暗内心，在她身上出现。此时，这个当爸的也突然理解了，作为礼物的阿玛蒂，有着怎样深重的含义：列维将它送给籁雅，是要将她心里的那个危险暗道永远封死；在列维那里中断的琴声，由他内在的失落吞噬掉的琴声，应该再由她出自受到保护的自信、在坚不
219 可摧的确信感中继续拉响，这一定有助于治愈他的受伤。因而，这把琴里有着他多少痛苦与希望，可籁雅正是要在他眼前，将琴摔碎！

梵特又一次——在很长时间之后——把女儿冰凉的湿手握在了手中。此时他想起，籁雅小时候得湿疹时，那些日日夜夜多么令人焦心。这一切的一切对她压力太大了，就是太大了。当他们踏进入境大厅时，他想劝她取消音乐会，马上坐船或者乘火车回家。但是，来接他们的司机已经站在跟前。

“我为什么没把他打发走呢！”梵特说，“要是干脆把他打发走了就好了！”

黄昏已经降临。我是不是该开灯，我问。梵特摇了摇头。他现在要讲那场灾难，不想有光线照在脸上。事后，当我脑子里再次想象那场灾难的时候，它的行进就像是一场悲剧的高潮，这个高潮如我迄今为止听到的，有着不可阻挡的必然性。

“坐进幽暗的观众席时，我想，在飞机上，要是籁雅没给我讲列维的记忆崩溃就好了。然后，我的眼睛紧紧盯着她的脸、她的眼睛，随时准备看出什么先兆。当时演奏的是莫扎特小提琴协奏曲，她说不想总围着巴赫转。其间她对瓜奈里琴的感受又有了新的发展，与那时在楼道里的演奏比，拉出的音响更充分，更令人信服。报上已经对瓜奈里·耶稣提琴有所介绍。其 220
中一篇散文很长，也提到了帕格尼尼和“大炮”。我能感到，观众席上虔诚的安静比以往更空前，掌声也似乎不想终结。

“像往常一样，我不很喜欢籁雅对喝彩的回应，好像是定式，可以预见的。可这次还有另外一些方面，令我深深震惊，对此震惊，自己当时却没注意到：籁雅上台，走到舞台中间时，她的动作不似以往那样自然洒脱，没有了正常人动作的自然协调；倒也不是惰性迟缓，更多的是断续、生硬，像由微小的停顿组成。这让我想起从其他同事的研究中了解的机器人的运动问题。可是这是我的女儿啊！”

这个震惊，无声无息，在当时他几乎没有注意到，好像只是到了现在，延迟几年之后，它才显露起来。梵特的语音发生了改变，出现了人类语音的粗糙，它昭示着情绪如沸腾的熔岩。当我回想接下来几个小时听到的故事时，我又会听到这种粗糙声，它对痛苦的表达要强于所有的眼泪，那痛苦是深深烙在他心上的。

“对音乐会后的聚会，我能回忆起的不多。籁雅的动作几乎又恢复了正常，让我差不多忘了先前的震惊。但我观察到，
221 她拿杯子时，小手指是张开的。我不知道该怎样解释这个动作，那不是在这下午茶期间、高雅的中产沙龙上的矫揉造作，它更像是一个毫无目的的失误动作，神经质动作。我去厕所，用冷水泼到脸上。凉水并没有泼走我的观察欲，相反带来一个对颤音的回忆，那是一次音乐会上一个失败的颤音。颤音确实是籁雅的弱处，尤其在某一处，当手指必须做出非常离奇、几乎是不可控制的动作时。我把额头按在墙上，按得生疼。我必须摆脱这个该死的歇斯底里！

梵特瘫软下来，粗糙声消失了。“要真是歇斯底里倒好了！——这不过都是毫无意义的没有来由的激动。”他轻轻说道。

吃饭的时候，他还注意到籁雅的神经过敏。“过去那段时间她本来就很敏感，特别是同列维断绝关系之后。只是我感到，现在看到的还是与从前不同，如今的神经过敏是全方位的，

身体上的表现也很突出,好像她在燃烧。带她回酒店的车上,他也感到了这种燃烧,那是压抑着的怒气,她表现出来的举动则是不断出汗。

“这个怒气是冲着我的,也不是冲着我的,你明白吗,明白吗?”他说。

最后这两句像粗声的嘶喊。在我看来,就好像尽管已过去了几年,他还要将籁雅的部分怒气转嫁给我,以使他不再受这怒气裹挟的窒息。同时这个“你”的称呼,又是一个最后的嘶哑的呼救,就像一个人受到无情的不可抗拒的洪流冲卷时,拼命发出的。

是冲我的,也不是冲着我的——这是他最深沉的绝望形式, 222
是内疚与孤独的可怕致命的结合;也不是冲着我的——可以感到,他怎样在逻辑性与非逻辑性之间抗争着,就像一个不再能引人发笑的大块头的巴斯特·基顿[1]。这种表达形式他只用过一次,我却能听到这句话在他心里激起的千百次回声。自斯德哥尔摩起,这个声响盖过了其他一切旋律,成了主导。这是一个永远不会停下的念想,白天有,夜晚也会出现。对所发生的一切,这是一种将所有感觉包括在内的感觉。

“酒店前台的雇员问,她能不能为他用这把琴表演一下,只要很小很小的一段;因为他很可惜不能参加音乐会。他的分头笔直得没有必要,戴着一架镜框很难看的眼镜,一看就是个笨

1 巴斯特·基顿(Buster Keaton,1895—1966),美国电影导演及喜剧演员,他的表演总能赢得观众的笑声。译注。

头笨脑的男孩，为了提出这个请求，一定做了几个小时的准备。如果他没……不行，不能这样想，我必须停止这种假想。那是早早晚晚都会发生的。一切都在她——我不知为何这样想，但事实如此。如果在音乐会期间发生了的话……自那次以后，我不知这样梦过多少次。这个念头在我心中发了飙，将一切都捣毁了，碾平了，最后心里只剩下一片空荡。

“在梦里我常感到，支柱上方铁尖的冰凉，那是酒店楼梯口最下方的扶栏支柱。一到酒店，我对这种粗粒金属就有所感觉，马上想起，它很像巴黎地铁台阶最下方的扶栏支柱。现在我又看到了眼前的那个金属尖，那上方的锥形就像一个蜷着身子的蛇头。从那时起，您知道吗，我不再能将真实的记忆画面
223 和内在画面区分开来，这些画面都被加工变形了，谁知道是通过什么力量改变的。金属尖迎面而来，只要我一闭上眼睛，它便迅速变焦地前来。当时，当籁雅迟疑地、一脸不情愿地接受那个男孩的请求，打开小提琴盒子时，我的感觉是，她的灾难已经可以预见了。男孩怯怯地走到近处，想在近距离看看这把著名的小提琴。籁雅没有松手，不过他可以摸摸漆面。这时候又有一些酒店员工和一些嘉宾，来到大厅，满怀希望地等待她演奏。籁雅只是做了几个常规动作——简单地调了调音，不是很用心的。我以为，她会在大厅中间开始拉琴。但出现的是另外的情况，接下来的几分钟，在我大脑里就像一段拉长的影片，它越拉越长，直到断裂。有一次，我做了一个梦，梦见我把这段影片从我脑袋里剪掉。如果因此失去了脑袋——也比总得看这段影片强。

“籁雅向楼梯走去，为避免绊倒，她提起长礼服，然后站到第三个台阶上，是的，就是第三个，第三个台阶。接着，可以这么说，她转过身，面对观众。只是，她没有看我们，她目光低垂，在我看来，又幽暗，又迷茫。她没有什么理由不开始演奏。没有谁知道，存在着什么理由。我的身边，一个打火机点燃了。我迅速转身，对那个男子做出一副毅然决然的禁止点烟的姿态。籁雅望着前方，好似一座没有灵魂的雕像。几秒钟内，准备就绪。

“终于，她举起小提琴，开始演奏。那是当晚演奏的莫扎特小提琴协奏曲的开始部分。

“突然，她停了下来，而且就在一个音上。这个中断如此突 224
兀，下面的失音状态几乎让人感到痛苦。一瞬间，我想，就这样了，她累坏了，想睡觉了。或者，我真这样想了吗？就算是一个短短的试拉，这中断也太突兀，太异乎寻常了，让人不能得到对音乐形式的任何感觉。其中的疏远感，也相应表现在籁雅的脸上。驶往音乐会的路上，我注意到，她涂了很多白粉。有时她会这样做，对此我们永远无法达成一致。现在她又开始演奏时，从明亮的白粉上看，她好像戴着罗耀拉·哥伦的面具。

“因为现在籁雅演奏的，像前一段时间在家里楼道里演奏的一样，是那年我们在伯尔尼火车站听到的曲目。可她此刻的拉琴方式，却是我从来没听到过的：怒气冲冲的，弓拉得太猛，以至发出撕拉声，弓毛断了一根又一根，白色的毛发搭到她的脸上，那脸上写的是执拗、绝望与失控，闭上的眼睑间，睫毛膏流了下来。现在，可以看到流出的泪水，籁雅要抵抗它，做着最后的抵抗，尽管如此，她仍是一个小提琴手，要凭借坚定的手指动作抵抗内在的冲击,她用眼皮挤了一下眼球,又挤了一下,又一下,琴弓开始打滑,出现走音,我旁边的女士吓得深吸了一口气,这时,籁雅眼里噙满泪水,放下了小提琴。

“伤心啊,现在想起来还很伤心。她站在楼梯处,那是一副精疲力竭、备受打击、被毁掉的样子。不过,它还不是灾难。几
225 个观众看到这种情况,认为是在音乐会上精力耗尽的错。可怜的! 有人在我的身后低声道。

“籁雅的琴弓落到地上,她两手抓住小提琴脖子,我知道,这是结束了。”

梵特站起身,走到窗前。他举起双臂,身体前倾,两只手掌按到玻璃上。那样子既像要支撑自己,又像要穿过玻璃投身到下面深处。他就是以这种奇特姿势,哽咽地,粗声粗气地,讲述着他想从大脑里删除的故事。

“这时,她把小提琴高高举过头顶,身子稍微后摆,随即将小提琴背部砸到金属柱尖上。我希望她至少是闭着眼睛的,这还能表现出她自己感到这样破坏珍贵乐器,很可惜。但她一直睁眼看着一切,看着提琴摔成的碎片四处飞落,眼睛睁得大大的,满是茫然。这还仅仅是开始。琴背摔裂了,卡在金属尖里,籁雅又是提,又是拉,琴体嘎吱响着,继续破碎着,籁雅满脸是无助的怒气,肌肉紧抽到一起,小提琴拔出来了,她再次把它举高,这次她将琴马处摔向金属尖,琴马破碎,琴弦发出丝丝拉拉的声响,金属尖把一个F孔穿裂了。

“一位穿着服务员制服的男子,第一个走出麻木状态,向她
226 走去,去阻止她。我不是第一个走到她身边的,这点我不能原

谅自己。她又取下提琴，把它当成武器砸向那位服务员。他向后退去，连胳膊都没抬。籁雅继续毁琴，一而再地将琴砸到金属尖上，从前往后地砸，她头上的头发耷拉下来，不是的，她此刻并不像一个复仇女神，那只是很短时间内的事，此刻她更像一个绝望的小女孩，一边抽噎着，一边气恼伤心地毁着她的玩具，周围的人看不下去了，纷纷离开。

“小提琴挂在金属柱子尖上，籁雅终于瘫倒在楼梯上，她滑下一个台阶，用无力的手臂去找柱子。这时我才走到她身边，搂住她，抚摸她的头发。她停止了抽泣。我希望她至少能停一会儿，体验一下累垮了的放松。可她的身体却再次僵起来，我能感觉，所发生的一切已经让她感到窒息，这是一种不断吞噬内心的窒息。只要我看到她站在圣雷米的木柴垛背后，或者她出现在我的望远镜里面时，我就又能感到手臂中这个僵滞的躯体。”

是冲着我的，也不是冲着我的。这话他没有说，然而它充斥在房间的沉寂中。此刻我才明白，医生的那句话他听起来是什么感受：这可事关您的女儿！还有：不要搬到圣雷米。

夜里，我回想起这个悲剧的前前后后。莱斯丽有段时间对画画感兴趣，画得也很不错，我把绘画材料送到她的寄宿学校，
还有画架。她放松下来时，我督促她接着画，还在电话里问她 227
画画的情况。我想，如果有一天，她拿着厨房用刀，把她的画作，尤其是那些我喜欢的，挂在医院办公室里的，统统毁掉，那会是怎样。同梵特在那家斯德哥尔摩酒店的经历相比，这只是一个幻象，一个影子，一缕烟气。然而，这个想象已令我瑟瑟

发抖。

没有酒了，我对他说，后来还给了他一片安眠药，就像当时的瑞典医生，给籁雅打了一针镇静剂。梵特坐在她床边，整整坐了一夜。完了，完了，他脑子里一再出现这个念头，这是内心的声音，是对终局的无奈感。这是籁雅音乐生命的结束，也是他职业生涯的终结，因为他现在再无法偿还挪用的资金了。这事早晚都会曝光，那便是自由的终结。会不会也是她对他爱的终结？

他们曾一起坐在玛丽那放着印花布罩坐垫的沙发上。他曾跟她一起走访罗马。他曾跟她坐在厨房桌子旁，听她问，他们可不可以去热那亚，去观赏帕格尼尼的小提琴。她去参加高中毕业考试前，他把她揽在怀里。他还能回忆起，他们想为第一把小提琴办个聚会时，没有能列出一个客人的名字。我想在家练琴——后来他也想用这句话，抵入那马格里布人的黑眼睛里。他还想到，那年籁雅在游乐场得到金环时喜极而泣的情景。他到底做错了什么？他应该对自己指责什么？有什么错误举动？
228 错误直觉？直觉有没有正确的和错误的一说？直觉不就是直觉，不是别的吗？

在斯德哥尔摩，他租了一辆车，同籁雅往家开。她吃药后，睡去了。醒来时，他们的目光相遇，她脸上现出笑容。

“她那个微笑，就像一个欠债人，她知道这个债永远无法还清，它只能在两人之间一笔勾销。这个微笑开始于停止请求宽恕之时，微笑是阻止僵化的唯一液体。”

在车上，他有时觉得自己开错了方向；也许最好向北开，去芬兰最北边的拉普兰，逃入黑暗。接着，他又想忘记世界上还存在斯堪的纳维亚这个地方。想象中小提琴的碎块，一块块、一片片地被拼起来，天衣无缝地拼成原有的形状，再用神奇涂料——其组成已经熟知，涂到上面，这样便可以忘掉一切了，不论是楼梯栏杆，还是栏杆柱上的蛇头，都可以统统忘掉了。想象中他们又回到酒店，悄悄上楼。晚安，籁雅用法语说，旅行时她总这样。

别人告诉他，那个戴着难看眼镜头型可笑的男孩，在地板上爬来爬去，忙活了好几个小时，尽可能地拾起了所有碎片，即使是极小的，插进地毯线头之间的，也没放过。可他还是认为，这把瓜奈里·耶稣的小提琴已经毁了，不可挽回了，绝对不能再用了。

时不时地，梵特瞟了一眼轿车后座，因为提琴盒装不下这么 229
多碎片，碎片干脆集中到一个大塑料袋里，放到了琴盒旁边。在公路休息站，他的目光总要落到大垃圾箱上。那个大塑料袋上有一家斯德哥尔摩百货大楼的名字，这个印迹一定得除掉。然而，他还是做不到。梵特关上盒盖，扣上盒锁之前，黑先生用他瘦骨嶙峋、布满斑痕的老手抚摸着小提琴，一副不舍的样子。“就这样吧！”他说。

“琴……”籁雅在半睡半醒中喃喃道。他将手伸过去，默默地抚摸她的肩膀、手臂。那场灾难之后，他再也不能拥抱她了，也不能抚摸她的头发。他很渴望这样做，又无奈于籁雅的麻木。夜里他像一个护士，擦去她额头上的汗水。一次他弯下身，想吻她的额头。只是没有做到。

他在清晨迷迷糊糊地睡去时，做了一个至今挥之不去的梦：酒店前台的那个男孩想把戳在栏杆柱尖上的小提琴取下来，可是他办不到，他又拉又拽又转，提琴发出嘎吱嘎吱的声响，继续破裂。可他还是取不下来，就是不行。

在渡轮上，妹妹昂内塔来电话时，他站在栏杆前，对着夜空望了好半天了。我们在一起已经三天了，他的故事也讲了三天，讲了十三年间发生的故事，可他一直没有提过他妹妹，听上去就好像他是一个独子。

230 “她为什么偏偏有这么一个瑞典名字？该死！也许因为ABBA[1]！可是1955年的时候，还没有这个乐队。那是一位杂志里的时尚仙女，母亲就是受了她的启发，母亲对那些时尚杂志很着迷。她说：‘你想啊，不能叫昂内丝，也不能叫阿嘎塔，对，就叫昂内塔！’

“那时他们的婚姻还未破裂，爱情还没从星星上落入尘土。父亲后来讲这个插曲时，总是拉过母亲因痛风而变形了的手，让人感到，那些星星的确是有过的。因而，昂内塔身上总有一缕微弱的星光，像点点金粉，就好像她头发里有无形的细细的金丝。其实她身上没什么发光的，她永远是个乖乖的、缺乏想象力的勤快女孩，她不喜欢我的无政府主义，不喜欢我的缺乏节制。‘你就是个压路机[2]。’她说。她当然认为我是一个不称职的父亲，所以我想向她证明，事实是相反的情况。

1 ABBA，阿巴组合，一个成立于1973年的瑞典流行乐队，昂内塔是其中一位女歌手。译注。

2 压路机，比喻粗鲁莽撞的人。译注。

“所以，现在很难跟她在电话上谈。小提琴的事，我什么都没说。精神崩溃——这已经足够了。

“‘得找梅甸大夫，’她当即说，‘我们必须把籁雅带出国，得远离媒体，这个大夫很好，非常好，这家医院口碑极好，而且用的是法语，是塞西尔的母语，我认为这很重要。”

她是一个临床心理学家，在法国的蒙彼利埃同马格里布人一起工作过，她总是很佩服他，也许还不止佩服。

“见到籁雅时，她表现得镇静自若，尽管心中暗暗震惊、伤心。她让我们给她看瑞典医生给的药，然后气得直摇头。我这
个妹妹，我已多年没见了，她的成熟与举止言谈中的专业能力， 231
令我刮目相看。她什么都要知道。我只说，事关一把珍贵的小提琴。

“籁雅睡了，我们坐在厨房。昂内塔看出这长距离的驾驶令我筋疲力尽，中途我们只在汽车旅店休息了几个小时。

“‘你能理解吗？’她问。

“‘我们能知道什么！’我说。

“‘就是。’说着，她走到我身后，走到粗暴骄傲得能把一切碾碎的哥哥身后，用手臂围上我的脖子。

“‘唉，马亭。’她说。后来她是唯一站在我一边的。”

我们能知道什么！先前，讲述时用的语言，部分很有节制，有分寸，就像报刊通讯。而现在，他要粗声大气地把话都说出来。

“该死的，我们都知道什么！所有的人都做出一副好像他们知道发生了什么的样子。昂内塔也好，那个北非人也好，就连

我的同事，我也得听他们胡扯。我们什么也不知道，对这种事，什么也不知道！”

他坐在扶手椅子里。这时，他身体前倾，把胳膊肘支在膝盖上，头深深垂下，好像陷入空虚。他干涩地呜咽起来，有时听上去就像咳嗽。内心的绝望使他再也控制不住自己，直至全身不住地颤抖，抽搐。我想我得做些什么，就像昂内塔，站到他身后。可我不知道这又能怎样。只是，什么都不做是不可能的。
232 结果我跪到他面前的地板上，用手臂揽住他的头。几分钟后，颤抖才渐渐平息下来。我又拉起他的肩膀，让他坐直。我见过很多病人，筋疲力尽的。不过，这位——还是完全不同的。他瘫靠在椅背上，我希望，我能把他的这张头像上露出的空虚绝望抹去。

二十七

我把中间的隔门留了一个空隙，灯没关，出去了，像昨天晚上一样，我去了酒店下面的图书馆。

我熟悉这夜晚，
……远远地我走向那城市灯火。
看到了最让人伤心的城市街巷。

除了惠特曼和奥登,罗伯特·弗罗斯特是莉莉安向我介绍的第三位诗人。

我走上几英里,然后去睡觉。

这样的句子让她很生气,在嘴里说出来就像流行歌曲里的唱烂了的段落。她说:“诗歌,是一个孤独的严谨事情,是唯我论的。甚至,我不应该和你谈这件事。可是……嗯……”

这个护士,竟然知道“唯我论”这个词。莉莉安,你为什么会意外身亡?你完全可以在印度接着为我擦去头上的汗水。那个冬日,我曾同她走在波士顿朦胧的黎明时分,听她的爱尔兰口音。但这是行不通的。一切都很空,没有生命力,离得很远。现在,我却得在手臂中感觉马亭·梵特的脑袋,闻他乱发间的苦涩味。

我担心还会发生什么。“后来她是唯一站在我一边的。”那 233
是指她在法庭上站在他一边,不可能是别的。

接下来,是籁雅之死。斯德哥尔摩事件还不够吗?一个人到底能承受多少痛苦?“那是我最后一次去圣雷米……是的,我想,是最后一次了。”这里的解释还不清楚吗?

我应该阻止。真应该吗?我真允许吗?对于不可治愈的疾病,我的观点是明确的,不可动摇的,这是一个尊严问题。可是现在这个情况呢?

近午夜了。我还是给保罗打了电话。“要是一个人确实不行了……”我说,“确实不行了……会不会没有问题?”他说,我的话像是让人猜谜。

我为什么没有朋友？没有用不着说明就知道、就能滑入我的思想世界的朋友？莉莉安对此会说什么？“我讨厌受管制。”不过这与受管制无关。那同什么有关？

我给莱斯丽打电话。她在睡觉，说她得先喝一杯咖啡。她听上去很勉强，我认为那是生气了。不过，她打回来时，语气轻松了，我一时以为，她很高兴我打电话。

要是一个人确实不行了，她说，那一定得问他本人，而且一定得帮助他。她谈她的病人，我很高兴，我们可以不谋而合，所见略同。只是这里还是另外的一回事。是悲剧…… 她说，那样的话，就得有人帮助来完成……可是，这个我当然也知道……

234 我怎么能期望别人说出超越陈词滥调的话？期待那些没有搅过梵特脑袋的人来给我解答？

感到了我的失望，莱斯丽有些不快。“前天你问住宿学校的事，乐器的事，现在……”

“我很高兴，我们现在能经常联系。”我说。

二十八

没有了籁雅，公寓显得格外空荡，有时在楼道里梵特就能感到这种空，他会转身去吃饭，或者喝酒。

公寓里的沉寂也令他受不了。尽管如此，他不能听音乐，这样已经一整年了。看电影同样不可能，电影里有音乐。看电视时，他总是消音。他总能感到这空荡，这沉寂，尽管他不能对此做解释，——也许这些都与那次籁雅夜访玛丽后的隐退有关？在那个去克雷莫纳见黑先生的夜里，他也看到了这个隐退。有时他也能感到办公室在隐退，这种情况通常出现在黄昏之际，所以不可能是光的原因，不过情况就是这样。如果有人这时候进屋，他恨不得举枪射击。凡此种种，他感到自己变得异样。去高山滑雪，是件好事。但他去那儿，只因为他确信：他不滑雪。将籁雅置之不顾，这是绝对不可以的。因为那个马格里布人，也因为他自己。

早餐时，梵特焕然一新，全不似昨天夜里的模样。他胡子刮 235
得很干净，身穿一件深蓝色水手衫，看上去是运动型的，很健康，像个度假客，面色有些棕红，根本看不出是个宁愿让他人来握方向盘的男人。他表情轻松，好像忧虑已消失在深度睡眠中。我不知道的是，安眠药是不是也冲走了对那场精神崩溃的记忆，他是否还记得，我是怎样扶着他的。

随后，我们又坐到湖边。今天我们将离开，对此我们都是这样的感觉。只是，就在他的故事讲到当前状态时，湖面落上了一层冬日辉光，没有了普罗旺斯明亮温暖的承诺，那里面是板岩的灰色，是冷白，是无情理性。（法国）马尔蒂尼的方向起雾了，开始时稀稀落落，很快浓重起来，模糊了视线。只要想到，要驶入其中，我的心便提吊起来。

这时，梵特的语言特征简明扼要。有时他陷入一种分析式的、几乎是学术式的口吻，仿佛在说其他的事。我想，也许是要忘却他夜里的失态。对此，我没有什么不开心。只是这种自我控制态中，却有一些令人担忧的令人压抑的内容，就像正在前来的浓雾。

昂内塔开车带籁雅去圣雷米。昂内塔此举令他欣慰，对籁雅他却很难过。她的眼睛浑浊，眼皮沉重。临行时，他又一次抚
236 摸了她的头发。车子开动时，她像个石膏制成的娃娃坐在座位上，两眼又空又呆。

他去动物之家接尼基，尼基高兴地直往他身上跳。可它想念籁雅，没有胃口进食。慢慢地它才习惯了新的生活节奏。它被允许在梵特床边睡觉，只是还受不了自己待在家里，所以梵特把它带到研究所。露丝·阿达讨厌狗。如果必须商量什么，他们只能隔着走道打电话。相反有一个女同事相当喜欢尼基，狗舔她的手时，梵特会感到刺痛。

半年后，他去纳沙泰尔找列维。想了解当年列维介绍他新娘的时候，籁雅是怎么想摔那把阿玛蒂的。

梵特简单地理性地给他讲了在斯德哥尔摩发生的事情。“那时候，是冲我的……”列维说，“可现在……”

这两个有天壤之别的男人试探着对方。梵特想起奥伊斯特拉赫的华彩乐段。

“我的学生里，再没有比籁雅更有天赋的。”列维说，“我当时抵御不了要同她一起工作的诱惑。至于有什么风险——我不想看到。您认为……？”

列维想问什么呢，这个问题梵特想了一天。他仍然不喜欢这个男人，在他身边，他自己有种笨重粗鲁的感觉，不过他不再

是从前的对头。“我很抱歉，真的很抱歉。”列维站在门口说。梵特信了他的话。他们挥了挥手，只是微微的，几乎是羞涩的。站到月台上时，梵特有种奇怪的感觉：现在，纳沙泰尔也空荡了。

他没去库姆霍兹音乐商店。不过在马路上他遇到了卡塔琳 *237*
娜·瓦尔特。“上帝啊，”她一个劲地说，“我的上帝。”他没有看她，说话时看着她的鞋。

“您……”最后他说。

“可是，这种事谁也无法预料！”她打断了他。

临别时，她拥抱他，她的发髻擦过他的鼻子。

很久之后，当她知道那个贪污行为后，他又遇见她一次。她没让他溜走，她看着他，眼里有种异样的目光，很长一段时间里他都一直保存着这个记忆。

“我的上帝！我从报上读到时，我就想，他真的为女儿什么都做了，真的什么都做了。我……我也希望能有这么一个人，他……我现在手里还有拿着瓜奈里·耶稣的感觉。”

“我也是。”他说。

再次遇见时，他们是在墓地。

二十九

那个财政秘密隐藏了差不多一年之久。梵特一直减缓项目进程，阻挠进行实验，拖延采购计划，常常压下账单不付。如果

资助者出面问询,他便信口雌黄,能蒙就蒙。他讲述这些事情时,脸上又有了我已经熟悉的表情:一个棋手,一个想造假钞的
238 男孩。有目的地阻挡,有意地能蒙就蒙——那是一个悬崖边上的舞蹈。只是在夜里,悬崖才显现出来。尽管如此,他仍喜欢如此。这种乐趣现在甚至还能从他声音中听出。我察觉到这点时,想起他说籁雅时提到的心理层次和平台。

马亭,我很希望,你那个内在玩主能救你,能在你内心建起一个平台,让你在上面继续生活。

当他注意到,露丝·阿达在向他步步紧逼时,恐惧渐渐大于乐趣。一次,他进她房间时,意外发现,她正在尝试进入他研究项目账户的密码。当中学生时,学校举办过倒读比赛,他曾打破所有记录。早早晚晚她会试到 delgesu。当然这是不够的。只是,她一旦开始,就会把字母不断地换下来,就像她曾经做过的。那是他们开始合作的第一年,当时需找回忘掉的密码,他们所知道的只是开头一两个字母。当时正值夏天,她穿着短裙坐在他办公桌边上,这个字母游戏渐渐成了比赛,结果她赢了。通过眼角他看到,她的舌头慢慢划过嘴唇。要么现在,或者永不。他努力地只看屏幕,直到这个时刻过去。第二天,她对他说:“你可是个差劲的失败者。”

他把密码改为 ANOMERC,后来又改为 CRANEMO,但它的发音太接近克雷莫纳,所以将它又改为 OANMERC。

239 “我为什么一定要留在这个话题上,为什么没离开它,找个

不沾边的！或者至少可以是 BUIO[1]，或者 OIUB 什么的，那样她就不可能找到了。"

昂内塔说："我们对强迫症的了解是，潜在的内心愿望是其原因，不愿发生担心的事情。"

他认为这个观点聪明之至。不过他只留在赞赏上，留在了这个话题上，并附着其上。

三年前，资助方寄来一封信，要求出具详细账目，否则，他们认为自己没有理由继续转入承诺的款额。露丝·阿达把信递给他时，说："我没注意是你的，打开看了。"他看了一眼寄信人地址。这是要摊牌。"把它放那边就行。"他满不在乎地说，然后离开。

在火车站，在那个他们曾听过罗耀拉·哥伦拉琴的地方，他站了一会儿。从那时起，岁月已流过了十五年。他乘火车去了高山地区，以为会下雪，可惜雪没下。回程上他问自己，自己做了什么。她在那个北非人那儿，在木柴垛后面，他上山去对此能有什么改变。他问那位医生，籁雅是否问过她，他看看他，没吭声。瞧他那双密不透风的黑眼睛，一副自鸣得意的医生嘴脸。他恨不得扇他一个大嘴巴。

他报了病假，一个星期没去研究所。即使所有人现在都读了那封信，他也无所谓。

这些天里，他收拾了一下公寓，每个物件都过了过手。他举起那张照片，那是变成籁雅音乐室以前的塞西尔的房间。往昔 240

1 BUIO，意大利文的"黑"。译注。

的时光忽然迎面扑来，给他意想不到的一击。他第一次这样问自己，对他的欺骗行径塞西尔会怎么想。马亭，你是浪漫的嘲弄者！我没想到这种人真的存在！他半个欧洲都跑遍了，不是为了去见心爱的女人，而是身边坐着生病的女儿。在汽车旅店，他们那个样子，好像她是他的小情人。在她身边醒来时，他觉得比先前还倦乏。她平静地呼吸着，眼皮却在不安地眨动。“我们在哪儿呢？”她问，“办事处为什么没给我安排好房间，我还得拉组曲哪。”

最后整理的才是籁雅的房间。他有意避开它。他将一切都拿在手里过一过，好像是最后一次。这里层层叠叠的，都是她的人生故事。有毛绒动物，有最早的画作，有最早的学期评语、成绩单，还有上了锁的日记。他找到了钥匙，又作出相反的决定，把日记放到抽屉最里面。那个北非人曾问过这类的事情。“绝对不能看的。”他说。

籁雅·列维。一看到这个字样，他就把那笔记本扔到了一边。她的肖像照，堆得像小山一样高。都是后来那段时间拍的。他坐在厨房桌边，面对一桌子照片。这是籁雅·梵特，那光亮的外表下，已经开始了七零八落，悄无声息，不可阻挡。他找出以前的照片来比较。一张是罗耀拉表演后不久在火车站照的。照片上的籁雅，那样子就好像她拉着他在默默地穿街走巷，那是受到了内心愿望的驱动，那个愿望使她后来喃喃问道：小提
241 琴贵吗？籁雅那些大多数光彩夺目的小提琴手的照片，他都扔掉了。也不知道为什么，他还把籁雅的门锁上了，钥匙放进了一个厨屉，放在很少使用的餐具后面。当他决定他将做什么的

时候，他请来卡罗琳。听他讲述时，她喘着粗气，有时甚至闭上了眼睛。他说，他不在的时候，得有人来看看公寓。她点点头，抚摸着尼基，对它说："你跟我走。"她眼里含着泪，又对他说，"一点不能让她知道。"他点点头。

他感到她还想对他说点什么，想说一些只在女朋友间说的话。他感到害怕。

"有过一个男孩，叫西蒙，比她高两个年级，尽管抽烟，还是他们年级最好的运动员，喜欢炫耀，是詹姆斯·迪恩[1]的袖珍版，不过不少女生喜欢他。"

梵特感到有些慌乱。他这个当爸的，是不是妨碍了什么。他紧张地听她说。

比他年轻三十余岁的卡罗琳，这时握住他的手。

"不是的，"她说，"不是的。当然同您没有关系。可以这样说，是因为她的不可接触性，是她的天赋和成功的光芒。无论在课堂上，还是在课间休息的时候，她的周围总环绕着一个清冷的光环。那里有些嫉妒，有些害怕，有些不理解，什么都有点。她不知道自己怎么走出它，比如走出那个光环，到西蒙跟前去。这个光层围着她，就像她的影子。西蒙呢，他从来不正视她，只会向她张望，常引来窃笑。不过即使对他，这个由众多女孩围着的男孩，她也在他的抵达距离之外，她就是太远了。'你
知道吗，'她说，'有时我只希望，所有迷惑人的烟雾光亮能在一 242

1　詹姆斯·迪恩(James Dean，1931—1955)，美国传奇影星，24岁时因超速行驶，车毁人亡。译注。

夜之间消失;这样所有的人就能正常地对待我。'”

梵特犹豫着,最后他问:“那列维呢?”

“大卫是别的事情,完全不同的事情。我不知道,那是神功大师的事情。”

西蒙和列维对她有何影响?

“对她来说,他们之间没有关系,我觉得,他们是两个世界。”

梵特还想知道什么,那是他一直问自己的。

“开始时,让她同玛丽联系起来的是音乐,后来同列维,也是音乐。她做的总是……与爱有关。籁雅对音乐的喜爱也是这样吗,我的意思是,为自己的爱?”

这个问题卡罗琳从未问过自己。“我不知道,”她说,“我一点都不知道。有时候……不,我真的不知道。”

她又望着前方,好像要对他讲一些有关籁雅的、他不可能知道的事。不过接下来她看着他,说了我以为是可以让梵特省了不少心的事:“我问问我爸爸,看他能不能做您的辩护律师。他在这些方面很不错,可以说很好。”

临别,他久久地拥抱她,就像她是籁雅。出门时,卡罗琳擦了擦眼里流下的泪。

第二天一早,他去了检察院。

三十

关于检察院的调查和审理，他没对我说什么。简短的话语之间，他把面包屑投向天鹅。坐在被告席上的他，也是这个样子：没什么好解释。他投面包屑的姿势，让我觉得，他努力使自己不陷入记忆的漩涡，使自己能离开那个水流。

调查这个案例的法官，需对供认的可信程度进行评证，工作难点集中在两个方面：解释动机及其过程，因为他既不能提供小提琴，也不能交出购物收据。“有些时候，法官看我的眼神，就好像我是神经病，或是信口雌黄的大骗子。”对小提琴残骸的去向，梵特沉默了很长时间。他没有说出的——在法庭上也没说的——是真实的销毁故事。黑暗中他自己踩到了上面——再多的再不能从他那儿得到。

马亭，我似乎能看见你坐在法庭上，这个男人可以用他的沉默——就像用长城一样抵御世界。

审案法官想让籁雅来法庭，这恐怕让梵特当即慌乱。梅甸大夫写了鉴定，梵特认为医生把这件事告诉籁雅了。他坐在床边，用拳头不断敲击自己的脑袋，想着，没有医生会做这样的事情，绝对没有。

卡罗琳的父亲给他做出轻判，十八个月缓期执行，也因为梵特是自首的。

244 对法官来说,要了解这个事件的动机应该是较容易的事。他们的任务——这是必须得说清的——其中之一就是判断,比如如果他不做他做的事,对他有多困难。对此,梵特只说了一句:不可能。

不知什么时候有人提到精神学鉴定。梵特说这个词时,声音有些沙哑,这种沙哑里面存在危险。只见他一声不吭,把嘴唇突起又收回,突起又收回。有一阵,他忘了给天鹅扔面包屑,只管在手指间将面包捏碎。

当然,他失去了教授头衔。赞助方要求,他需用为他保留的收入来抵押损失。这样,他还可以支付现在这两居室的公寓,还可以留下他的私家车。卡罗琳的父亲帮他与保险公司交涉。最后争取到由保险公司支付籁雅在圣雷米的所有费用。

媒体对此纷纷报道,每一个角落他都能遇见带着那些又醒目、又残酷的标题的报纸。为了不让籁雅看到,他很想跑遍所有街巷,买下所有报纸。

“那段时间里,我又一次次地跟那位克雷莫纳老头下起棋。最后,我找到了原因。我的问题是,对每个看似想丢卒的举动,都认为是有预谋,而没有吃掉;其实对此不需多做考虑。当时的情况就是这样,我应吃掉老头走错的象,现在我也知道了他
245 是怎么走错的。我本应该用卒子吃了它。如果我让卒子走过去了,就这么一步,两三厘米的距离,我就不会上法庭了。

“父亲做激烈的自我批评时会说,自己思虑过多了,母亲常会笑他,说这种表达太奇怪。现在我又想起这个表达。有时候,我生自己气的时候,果然有个印象:差不多失去了理智。最糟

糕的情况是，我对自己说：其实这一切你不是为了籁雅而做，而是为了你自己，你去那个老头那儿，因为你喜欢自己的赌徒角色，因为你喜欢自鸣得意。”

他想自己走走，说话时，他看着我的眼里饱含歉意。我知道，接下来的故事是最难讲的。

三十一

“籁雅小时候在药店里，总是对架子上带有手写标签的棕色玻璃瓶很感兴趣。她甚至把它们画出来，对她来说，这些瓶子特别神秘，很有吸引力；也许因为你能看到深色玻璃后面有浅色粉末，它们各式各样，好像功效无比，又好像很危险。后来，在医院时，她看到塞西尔将特殊药品柜锁上了。‘这是毒药柜。’塞西尔说。这个词一定给籁雅留下了非常深刻的印象，因为晚饭时她还问：‘医院里为什么有毒药？’

“得到她死讯时，我回想起了这一幕。她是在夜班时间走的。”

一年前，她从圣雷米回来。没有给他打电话，却通知了昂内 246
塔。这令人伤心，另一方面，他又很高兴——这样她不必看到他的破公寓。躺在床上睡不着觉时，他为搬到破公寓想出好几种解释，听上去又都不可信。单凭想象她是不会知道真相的。想到竟然怕见女儿，他自己也吓了一跳。

她开始上护校,住在护士宿舍。那是在城市的另一端。他住在这座城市,他女儿也住在这个城市,只是他一直还没见到她。昂内塔给他她的电话号码时,还加了一句:“我觉得最好等她打电话。”

因为害怕见到她,开始几个星期他都不敢去市中心。“我活着,可是心里总堵得慌,我觉得自己的呼吸很平浅,就像一个为自己的存在很羞愧的人。慢慢地我才意识到:欺骗行为以及法庭判决造成的耻辱感,已经过去了,它渐渐演变成了对籁雅的罪责感。可是这个过错是不存在的!

“我气愤已极——对那个北非人,谁知道他都对籁雅说了什么;也生昂内塔的气,为她的那句话;甚至还生卡罗琳的气,因为她觉得最好不把狗还给籁雅。当然也生籁雅的气。我的气好似一天比一天多。该死的,她为什么不打个电话?她为什么做出一副我好像错待了她的样子?”

去年秋天,他们终于见了面。那是一个温和的日子,人们都穿着舒适宽松的服装。所以,她那呆板矜持的着装首先引起了
247 他的注意。此外,她的发型也显得比较严厉。他慢慢认出她来,呼吸变得不那么顺畅:自打他在圣雷米用望远镜望到她,又有两年过去了。在她好像至少过去了两倍的时间。无框眼镜后面,还是一双清澈的眼睛,整体上不是不优雅,却显得难以接近,非常不容易接近。

他们慢慢走向对方,伸出自己的手。她叫:“爸爸。”他叫:“籁雅。”梵特此时走到水边,捧起一捧水,扑到自己脸上。

我觉得,我心里一沉。我不想听灾难。我没有力气听了。

他们默默地走出教堂广场,又一声不响地在一起站了一会儿。

“我的错是永远不可弥补的。”忽然她说。

心上的石头终于落了下来,几个月来他第一次深深地吸了一口气。因为这个,就因为这个,她避免见他。她不知道欺瞒与法庭判决的事,她只提了小提琴。他想拥抱她,在它发生之前,又犹豫了。她的声音还像以前一样,但除此之外,他觉得她很陌生,不是心不在焉,而是枯萎的无精打采的感觉。

“没什么,”他说,“一切都没什么。”

她看着他的样子,就像他是一个为了平静事态,有意说出难以置信的话语的人。

坐在长椅上他们又简短地交谈了几句,诸如他们现在住在 *248*
什么地方,住得如何,等等。他肯定又撒了谎。

她问:当时的报纸造成什么影响了没有。

他很高兴,这表明她又回到现实世界,回到现实的时间里了。他摇摇头。

“斯德哥尔摩,”过了一会儿,她又说:“后来的一切都是黑的,全是黑的。”

他握住她的手,她任他去做。接下来,他觉得她的头落到了他肩膀上。这下情感打开了闸门,两人都在彼此笨拙的拥抱中被吞噬,任泪水奔流。

随后,他等她的电话,可是等不到。他给她打,任电话铃声响下去,每每如此。他想知道她在圣雷米时的情况,这样对那段时间的她,便不会是空白的。还有那画面:她站在木柴垛后面的,以及她手臂抱着膝盖、坐在墙上的,这些对他来说都成了象征孤独与绝望的塑像,他要让它们液态化,让它们成为插曲并失去它们的可怕,让它们淡漠在过去的时光里。

医院打来电话是在凌晨时分。三天前,一个也住在护士楼的护校生,给她看了有那个案例审理报道的报纸。然后,她像往常一样去上班,少言寡语地,其实她一直都这样。现在,她躺在那里,脸上驻着永恒的惨白,就像当年塞西尔的脸。

“从那时起,”梵特说,“一切都是空的,没有颜色了。”

他等着,自己也不知道在等什么。最后,他从昂内塔那儿借了钱,来赴此行。

249

三十二

在驶往伯尔尼的路上,我一直在想着他后来说的话:“就这样,我遇见了您。”

这是在表示感谢,没有别的。不过它也可以是他在表明他要将自己牢牢拴在这个救生锚上,继续生存下去。

一整天,我都为抵达担心。它会有助于在这两者之间做出确认吗?我有足够的力量和坚强,做他的锚吗?我还能感到将手术刀交给保罗时的感觉。这样一个不再信任自己手的人,可以做另一个人的锚吗?

车停在了我的公寓前面,梵特一言不发地望着楼房雅致的外表。我们握了握手,“咱们保持联系。”我说。经历了一切之后,这话显得很干枯。只是,即使走在了楼梯上,我也没想出更好的。

我拉起百叶窗,打开窗户。我又看到了他。他开过几座房子后,泊下车。然后,他坐在无光的黄昏中。他很喜欢“夜幕降临”这句法语,法语依然是他与塞西尔的永恒的联系。此刻没有让他担心的大货车,可他不想回家。我想起,籁雅离开以后,他上楼的时候,空荡感如何向他迎面袭来。

他摇下车窗时,我对他说,其实,我很想看看他住的地方。“肯定不是您这样的公寓楼,”他说,“这个您是知道的。”

房间的破旧还是令我暗吃一惊。他没钱重新粉刷,墙上还 250
留着以前挂画的痕迹。厨房里,管道从这面墙伸出,消失在另一面墙里,这儿或那儿可见脱落的墙漆,炉子是老古董式的。只有座椅和地毯能让人想起,这里住着一位高薪科研人员。还有那些书架,我找关于路易斯·巴斯德和玛丽·居里的书,找到了。他看到我的目光,浅浅地一笑。专业书籍从地板一直摆到天花板。唱片架上,有很多巴赫与帕尔曼的。“对籁雅这些是必须有的。”他说。还有从克雷莫纳买的有各种小提琴演奏的唱片,有迈尔斯·戴维斯[1]的。一个角落里有一个小提琴盒,“他们没有想到它(可作抵押)。我还可以把它出售给圣加仑的小提琴制造师,可是这样的话,她留下的东西就没什么了。”

他麻木地站在自己的家里,好像连坐下的力气都没有了。

1　迈尔斯·戴维斯(Miles Davis,1926—1991),美国著名爵士乐大师。译注。

在圣雷米看到籁雅时,看到她怎样静静地站在房间窗户旁,向外张望,他当时想,她一定感到在这个星球上自己有多陌生。现在看他站在那儿的样子,我又回想起这一幕来。

我放上迈尔斯·戴维斯的唱片,他关了灯。当最后的音响渐渐远去时,我站起身,在黑暗中按了一下他的肩膀,无言地走出公寓。我从未经历过同某人的这样强烈的亲近。

251

三十三

两天后他来了电话。我们沿着阿勒河走去,默默无言之中,对桑泰斯-马里耶德拉-梅海滩,以及对日内瓦湖畔的记忆又油然升起。他提了一些关于我的职业问题,莱斯丽在阿维尼翁的工作问题,最后,犹犹疑疑地问到,我现在是怎样生活的。

如果这些问题不是很有距离感地提出的话,本来我会很高兴的。莉莉安会说这是“隔着挡着的”劲头。临别时的握手也带着这个味道。当我提到下次一起散步时,他心不在焉地点点头。他已经决定了? 或者,这只是个影子,是后期认知对前期事件的投影?

乘公交车回家的路上,我好像又看到了卡马格的稻田,还有那朵朵行云。我想,如果我们在那儿留下来的话,我们会把时光打发下去,像对着光的两个影子。我把照片打印了出来,就是那张马亭喝酒的,放到台灯座上。

第二天开始下雪，我想他可能去高山地区。我很担心，给他打去电话，但没人接。转天一早，我看报纸，一辆带伯尔尼车牌的红色标致车，在泽兰德公路段，驶入相对行驶的车道，迎面撞上货车。司机当场死亡。

“情况很紧急，要让我过去，他当时必须刹车，可他失控了。”司机说，“奇怪的是，他非常平静地坐在方向盘后面。他一定吓得都麻木了。”

整整一天，我的面前都能看到他的手：颤抖着的，在马头上 252
的，方向盘上的，床单被子上的。

我同昂内塔单独去了墓地。“马亭不会出驾驶错误。”她说。

话音里有一种执拗的骄傲，它涉及的远远超出了驾车能力。他爱雪，她说，雪和大海，最好两者在一起。

三十四

离开墓地后，我去了玛丽·巴斯德曾住过的房子。那里已经没有黄铜牌子了，铁栏门上依稀能看到留下的轮廓。我顺着那条马路望去，那应是籁雅最后一次来访后，糊里糊涂地走上的，在那位做父亲的想象里，那是一条无尽头的、渐渐模糊、消融的直路。

斯德哥尔摩楼梯栏柱上的金属尖，曾迎着梵特，以迅猛的变焦急速袭来，这个画面开始不断地追踪着我。我去看电影，要战胜它。电影的画面应该能帮我，可我又不想看这些画面，很快离开了电影院。

接下去，我想坐车，只想感觉车轮的滚动，这事比较容易做。坐着公交车我在城市中穿越往返，从一端坐到另一端，再返回，再换上另一辆，如此坐去。我想着《末路狂花》电影里两个女人的手，梵特尤其爱慕那里面的勇敢与优雅。车里变得空荡时，我闭上眼睛，想象自己坐在方向盘后面，一直开到挪威的哈默菲斯特，或者意大利西西里岛上的巴勒莫，去寻找最后的自由
253 画面。随着公交车的行驶，我越来越确信，我只为画面行驶。而且我越来越觉得，我自己开着公交车，行驶在大峡谷悬崖边上。

躺在床上，无奈地等着睡眠降临时，我感到，我不能再这样继续自己的生活。有这样一种不幸，它大到没有文字便不能承受。于是，在朦胧的黎明时分，我开始写我听到的这个故事，就从普罗旺斯那个晴朗有风的早晨开始。

完